しみ

坂口恭平

毎日新聞出版

しみ

目次

音楽のはじまり

いまから書く話はきっと事実だ。ぼくはそう思っている。ぼくの中では事実だ。ところが目がさめていないだけなのかもしれない。その可能性もゼロではない。なぜなら、これが夢ならそのほうがいいと感じるときがいまでもあるからだ。シミは死んでいた。ぼくはシミが死んだことすら知らなかった。誰からも電話一つかかってこなかった。誰から教えてもらったのか、思い出すことすらできない。シミが死んだことを知ってからは、不思議なことに昔会っていた仲間や魔女みたいなおばちゃんたちと再会する機会が増えた。みんな隠していたのかもしれない。ぼくは線香もあげにいっていない。どうせ行ったって、そこにシミはいないし、死んだシミだっていないだろう。シミは亡霊にすらなっていない。シミはいまも八王子の浴室でシャワーを浴びながら笑っているんじゃないか。

シミは長崎のいいところのボンボンだった。何でも先祖はシーボルトについた二番目の弟子だという。和漢薬の研究者だった親父のことは、その後、全然違う知人が酔っ払いながら口にしていた話題の中で出てきた。シミはいろんなところからぼくに向けて、変な光線を投げてくる。いまもだ。もちろんシミがまだ生きているとは思っていない。突然、電話がかかってきそうな予感はするが、シミは死んだ。シミが死んだことで、どこかが少しだけ軽くなったような気がする。それがぼくのからだのどこなのか、八王子の駅前なのか、フェズの路地なのかはわからない。フェズによく行っていたシミは、スペインの警察に捕まっていると電話してきた。子供を買ったら、見つかっちゃって、保釈金が百万かかるんだよと笑っていた。金を無心するために電話をしたわけじゃなかった。ただの事実報告だ。シミはいつもただ伝えてきた。ぼくに何かを依頼したことはなかった。スタティックとよく言っていた。意味はいまもわからない。

シミは死んだ。いまどこにいるのか。ぼくはやっぱりそれでもシミのことを探しているような気がする。だから、まだ目がさめていないのかもしれないと思うのだ。夢であってほしいってことじゃない。これが夢だったら最悪だ。ぼくはまた時間を遡《さかのぼ》らないといけないし、もう二度と若くなんかなりたくない。シミは夢とは別のところで生きている。ぼくはただ睡眠をとっているだけで、恐ろしいことに年をとっていない。「そんなことが起こるんだ。ときどきな」とシミが言った。いま、ぼくは八王子から遠く離れている。そもそも八王子に住んだことはない。八王子の地理はいまだによくわからない。いつもシミの車に乗っていたから、シミの目でしか八王子を知らないのだ。シミ以外と八王子に行ったことがない。八王子には、実際に八人の王子が暮らしていた。あくまでもそれはぼくの推測だ。たしかに住んでた。彼らはきっと王子だ。タカ、ヨギン、シモン、ニーチ、コウ、ハッサン、クレナイ、そして、シミ。

ぼくは何を言っているのだろうか。王子なんか出会ったことがないし、彼らはただのヤク中だったのかもしれない。ぼくはなぜかそこにいた。あの夜。弦楽器の音が鳴っていた。マンションの廊下にはありえないほど大きなスピーカーが置いてあり、ぼくは靴を履いたまま、土器の破片が散乱する玄関を飛び越えた。スピーカーからは音楽が鳴り響いていた。その音楽についていま思い出そうとしている。その音のことを書こうとしている。音について考えだすと、台所の汚さやミントティーやレモングラスの香りがどんどんぼくを連れていく。おれはここだ、ここにいる、死んでなんかいない。シミの声が聞こえてきた。シミの本名も知らないぼくの耳にだ。シミのことを友人と思っていいのかわからない。ぼくはシミと一日以上一緒にいたことはないし、シミがどんな人間なのか言葉にすることができない。ぼくが知っていたのはシミが聴いていた音楽のことだけだ。とはいっても、それが何の音楽なのか、名前はいまだにわからない。ぼくが酩酊《めいてい》していたからってわけじゃない。もちろんぼくだってマリファナを吸うことはあったし、何度かはコカインを鼻ですすってみた。ボルヴィックのペットボトルに入ったＬＳＤの液体をそのまま水だと思って飲んだこともある。でも何度かやって、それでやめた。それよりもぼくは生まれつきの変化に困っていた。脳みその周辺で変な電撃に当たったような音がしたかと思うと、背骨が痛みはじめ、目を開けたまま、突然、八人の王子たちに向かってしゃべりだした。みんなはそれを真剣に聞いていた。誰も馬鹿にしなかったし、病院に連れていく者もいなかった。お前には必要ないね、とニーチが冷蔵庫の前で言った。

こんなふうにシミの部屋はいつだって、広がったり縮んだりする。酒を飲んでなくても、頭の中ではいまでも植物みたいに静かに成長している。それでもぼくが知っていることはかぎられていて、かといって質問する気にもなれなかった。ただそこにあるものを、ぼくはそのまま見ただけだ。だからかもしれない。そこにあるものの意味なんか関心がなかったし、そいつらがいったいどんな人間なのかなんてことはどうでもよかった。楽しかったのだろうか。ぼくは正直、即答できない。ときどき緊張したりもしていたと思う。ぼくは二十一歳だった。よくわからないことばかりだった。シミの家にあったCDのジャケットをよそで見たことがなかった。シミは自分でパソコンを使って絵を描いたりしていたから、自分でつくっていたのかもしれない。タカが八重山の三線《さんしん》を弾いている。ハッサンがコインを何度も何度も消しては浮かび上がらせている。ぼくは靴を脱ぎ、絨毯《じゅうたん》の上に座った。スピーカーで鳴っている音は聞いたことがあった。しかし、考えてみたがどうもおかしい。そこで鳴っていたのはラジオの音だった。しかも、記憶にあるラジオの音だ。つまり、それは録音されたものである。ぼくは記憶だから不明瞭なのだと思いたいのだが、ところどころ鮮明な映像が浮かびあがってくるので、勘違いだと確信することができない。シミの車の中で鳴っていた音楽は、話し声とリズムボックスと電話越しの黒人のダミ声が入り混じっていた。フランス語だった。なぜそれを覚えているのかというと、ラジオなのにフランス語だったからで、しかもそれはフランス語講座ではなかった。フランス人ですらなかった。アフリカのどこかのラジオ局だった。しかし、シミとぼくは日本にいた。それは間違いない。

もちろん、シミと出会ってからぼくは時間の感覚を一時的に見失った。しかし、ぼくはまだシミと出会っていなかった。正確に言うと、その日、ぼくとシミは初めて出会った。乗れ。左ハンドルの車が急停止すると、油が乾いた音を出しながら、ゆっくりと窓が開いた。シミはウェーブがかかったぼさぼさの髪を指でわしづかみにしながらこちらを見た。ぼくもシミを見たが、髪で隠れて目が見えない。鼻が宇宙人の目みたいにぼくを睨んでいた。ヒッチハイクをしていたのはぼくだ。富士山を見に行くと突然言いだして、電車に乗ったものの途中で金がなくなり、ヒッチハイクに切り替えた。初めてではなかった。熊本の実家から大学のある東京まで金をかけて帰るのが馬鹿らしくなって、商店街でボブ・ディランの曲を適当な英語で歌って金を稼いでは、ヒッチハイクで東京に戻るということをよくやっていた。面白くなってそのまま札幌の時計台まで行ったこともあった。だからぼくにとっては特別なことではなかった。難なく富士山に到着すると、河口湖の湖畔で寝袋に入って夜空を見た。寒すぎて凍死するんじゃないかと思ったが、焚き火にあたりながら酒を少し飲むと、ぐっすり眠れた。起きたときに見た星がすごかった。たしかに鉄道が見えた。寒すぎてふらふらと歩いていたらガソリンスタンドの親父が詰所のストーブの前に連れていってくれて、早朝まで寝かせてくれた。翌朝、お礼にトイレットペーパー・サービスデーのための旗振りをしたあと、ぼくは家に帰ることにした。

相模湖《さがみ》までまたヒッチハイクで向かった。ヒッチハイクというものは非常に簡単で、貧乏学生だということがバレてしまうといつまで経っても乗せてくれない。多少、枠を飛び越える必要がある。楽しくないやつを助手席に乗せたくはないからだ。だから、ぼくは車道の真ん中に立って、踊ったり、ギターを弾いたりしながら、とにかく旅芸人風のノリでやった。ずっとうまくいっていた。ところが、相模湖の湖畔を歩いてから様子がおかしくなった。どうも死の匂いがする。自殺の名所のようなダムを横切りながら、急にぼくは不安になった。それはまた、いつものやつでもあった。喜劇役者の気分で何でもできると思って車道で踊っているときでも、突然、怒鳴られたりするとぼくは急に落ち込んでしまって、端のほうに寄ってしまう。こうなったら一巻の終わりだ。誰も暗いやつなんか乗せたくない。つまり、ぼくは亡霊がうようよしている相模湖の湖畔でその一番まずい状態に陥っていた。親指を立てることすらできない。しかし、歩いて帰るわけにもいかない。十一月だ。夜は死ぬほど寒い。寝袋も、千円で買った頼りないものだった。そんなぼくにシミは声をかけてきた。鶴の一声のはずだった。しかし、シミは明らかにおかしかった。よだれが垂れていたし、目は笑っていたが瞳孔は濁っていて、頬の筋肉は変に張っていた。せっかく乗せてくれる人が現れたというのに、ぼくは躊躇《ちゅうちょ》した。しかし、断ることはできなかった。気づくと、ぼくはシミの言われるままに助手席に乗り込んでいた。

車はネズミ色のポルシェだった。ところどころサビついていて、軽自動車みたいな扱われ方だ。バンパーから奇形植物みたいにマフラーが突き出ている。開いた窓から音楽が鳴り響いていたからか、ただ甲高いだけなのか、シミの声はよく聞き取れない。ドアは重厚で、閉めるとバスっと音がしてぼくは車内に密閉された。牢屋に入れられたような感覚に陥ったが、それは自分の気分の問題なのだと言い聞かせる。ちらっと振り向くと、狭い後部座席にはどこの国のものだかわからない太鼓やら弦楽器やらが天井まで詰めこまれていた。ぼくがきょろきょろしていると、「ポルシェ356。1958年式」とシミはぼそっと言い、そして高い声で笑った。ドアミラーは左だけしかない。丸いステンレスの洒落《しゃれ》たミラーだった。シミは天井に手を伸ばすと、テレビのチャンネルみたいな取っ手をつかみ、サンルーフを全開にした。風が上から吹き込んできて、ぼくは昨夜の星空の幸福を一瞬だけ思い出した。プラスティックのハンドルを握ったシミはゆっくりとアクセルを踏んだ。しかし、のろのろとしか進まない。ぼくは断る理由を見つけたと思い、「あの、大丈夫です。歩きますから」と言って車から降りようとした。そのとたん、シミがセコにギアを変換し、すぐにサードに上げると、ポルシェは急発進した。

「走り出したら早い。心配するな。ポルシェ博士の最高の発明品を信じろ」

シミの声を聞き、ぼくは脱出を諦めると、真っ赤な革張りの助手席にもたれかかった。

「おれはシミ。お前は？」シミはそう言いながらアクセルを全開に踏んでいる。内装はすべて鉄板でできていて、まるで昔のロボットのイメージそのままだった。ハンドルにはポルシェのメタリックなエンブレムが見える。ステレオはなく、ラジオだけだった。ダッシュボードはサビついた鉄板で覆われ、象牙のボタンが突き刺さっている。シミはぼくの返事など気にすることなくボタンを押した。街の音が聞こえる。雑踏の人の声が聞こえる。クラクションが鳴り響いている。合わせてシミもクラクションを鳴らした。対向車も後続車もいない。そこにいたのはぼくとシミだけだった。そのとき、ラジオからまた黒人の声が聞えてきた。

「おいおい、お前ら起きてるか。おれは外で、この街で、おれたちお前たちが暮らす、この街の真ん中のスタジオから音楽を送りこむ。屋根もない。壁もない。防音設備なんかどうでもいい。机も何もない。地面の上に座っているおれはただの全能感。いまから果てしない音楽の旅をはじめる。よーく、耳をかっぽじって聞いとけ。で、おれはこの街が好きだ。街の音はリズム。リズムのある街が生きている街。おれは生きている。この音を聞け」

ディスクジョッキーは吠えながら、手に持っていたリズムボックスを取り出すと、ボタンを押した。ワルツのリズムが鳴り出した。リズムを無視して、ディスクジョッキーはしゃべりつづけている。しかし、耳障りなその声と音は次第に、子供たちみたいに仲良く混ざってくると、ミキサーで街の音をフェイドアウトしながら、熱帯夜の通過儀礼の音楽をアレンジした流行歌にチェンジした。今週の第一位。五年連続第一位。おれの好きな歌をかける。それがラジオ。シミが笑ってる。

「マリオ？　お前、マリオっていうのか？」

シミはぼくの名前を聞いて小馬鹿にした。

「お前の先祖は、メキシコにいたが、その前はきっとスペインで露天商をやっていたな。そのときの名前だな、きっと」

シミは音量を最大まで上げた。そこはマリ共和国だった。マリ共和国のどこかの街のラジオがいま、ここで鳴っている。カセットテープなのか、電波が届いてしまったのかはわからないが、質問する気にもなれなかった。音楽がよかったら、それでいい。マリの小さな街の五年連続第一位の歌が終わってもいないのに、黒人はもう一つのラインをフェイドインしてきた。またフランス語が聞こえてきた。たしかにあいつの声だ。男は電話をかけていた。シミも携帯で誰かと電話をしている。民族楽器をどこかに運ぼうとしているのか、売ろうとしているのか。金の話をしていた。スピーカーが楽器の下に埋められている。ラジオはそこから鳴っていた。音の振動が革のシートにも伝わってきた。男の電話からは、また別の声が聞こえてくる。その音の混ざり方はぼくを混乱させたが、気づくと、さっきまでの不安は消えていた。混沌の中に放りこまれると、人間は急にまともになる。ぼくはポルシェが事故らないように、しっかりと前を見ていた。

「いま、マリオってやつを車に乗せたからすぐ連れていく。ああ、日本人だ。昔はスペイン人だった」

シミはなかなか電話を切らなかった。

「スペイン人じゃない。真理の男と書いて、真理男。日本人のばあちゃんがつけてくれたんだ」

ぼくはそう言ったが、ラジオの音にかき消された。しばらくすると、シミは電話を切り、さらにアクセルを踏んだ。

「ポルシェ博士に感謝だな。素晴らしき日々。まさにこういうのをdigitalって言うんだ」

シミは相変わらずわけのわからないことを言っている。

「デジタル？」

「京都大学はきょうだい、つまりブラザーってことだ。わかるだろ。つまり、スラッシュを入れろってことだ。digitalの間にスラッシュを一つ入れてみろ。おれとお前はブラザーなんだから」

ぼくはもう降りたかった。同時にマリ共和国のラジオは一つのクライマックスを迎えていた。街とディスクジョッキーと電話の男の三様態が手をつなぐでもなく動きながら、なめくじみたいに一つになった。ぼくは降りたかったが、ずっと聞いてもいたかった。シミのこともずっとサンルーフの上から、空から見ていたかった。

「dig/ital？」

ぼくが言うと、シミはタコメーターの目盛りを強く指差した。

「さすがよ、マリオ。そうだ。digとitalの間にスラッシュ。常に物事には二つに分かれる断層がある。その海溝にからだを放り投げろ。それが双六《すごろく》で言うところの三つ進んで一回休みってやつだ。digは『掘る』。そして、italはジャマイカンイングリッシュで『自然』。つまりは、digitalってのは自然の反対でも何でもなく、ただひたすら自然を掘るって作業だ。お前が歩いていた。おれは通り過ぎなかった。それが一つのブラザーで、自然を掘るってことなんだ。よろしく。今日はこのまま一緒に付き合え」

「どこに行くの？」

「もちろん八王子」

そして、またシミはまったく予想しないタイミングで不気味に笑った。サンルーフからは強い太陽の光が射し込んでいた。ぼくはからだが軽くなっていくのを感じた。目の前の窓の景色が鮮やかで、遠くの枯れた木の枝の先まで見えていた。

水の音

エレベーターを出ると、すぐそこが部屋だった。最上階にはこの部屋しかない。シミの後ろをついていく。シミは部屋に入ると、探し物をはじめた。

「サーカスを見にいく。ついてくるか?」

断る理由はなかった。ぼくは小さい頃に連れていってもらったロシア人のサーカスしか行ったことがなかった。ぼくには経験がなかった。いまもない。いろんな経験はあるはずだ。あるのにかたっぱしから忘れてしまう。いつも何も残らない。それでもいま、ぼくはシミのことを書いている。思い出す、とも違う。そういうことはぼくにはできない。できないことはしない。やれることだけをすればいい。シミはそう言った。持っていたポルシェの鍵にはいろんなキーホルダーがくっついている。それをいちいち説明する必要はない。つまり、そういうことだ。今日、サーカスに行く。ぼくが知っていたのはそれだけだった。

シミの部屋は雑然としていた。株の本が並んでいた。目を移すと、シミが笑った。サーカスは中華街でやるのだという。中華街のどこにそんな場所があるのかさっぱりわからなかったが、細かいことを聞く気にはなれなかった。ただ言われるままで、ぼくに選択の余地はない。ヒッチハイクのあと、シミと何度会ったのかわからなくなっていた。

しかし、それでもよかった。ポルシェが走り出した。もう遅い時間だった。サーカスは終わっているはずだ。シミは気にしていない。とにかく二人で中華街へ向かった。雨が降っていた。霧で先が見えなくなっていた。ラジオの音は消え、ただ音楽が鳴っていた。ギターの音が聞こえる。溶けるようなギターの音はどんどん速度を落としていった。気づいたときには眠っていた。シミに起こされた。中華街ではなかった。水の沸く音が聞こえる。モロッコで買ったという小さなやかんがガスバーナーの上に置かれていた。白いペンキが剝がれ、ホーローがきのこみたいにむき出しになっている。シミが草むらから帰ってきた。

「お茶飲むか?」

ぼくがうなずくと、ミントの香りがした。シミの傍には小さなコーランが置いてあった。ムスリムだと聞こえたが、本当なのかどうかわからない。シミの言葉はどこまでが思いつきで、どこまでが人の物真似なのかわからなかった。ぼくはサーカスの開始時間を気にしていたが、そのうちにどうでもよくなった。二人でミントティーを飲んだ。埃がついた小さな素焼きのコップだった。どこかで見たことがあった。飲み終わると、シミはコップを岩場に放り投げた。その途端に、子供たちが何人か現れた。みんな何か言葉を発しているが、さっぱり意味がわからない。ぼくはぼうっとしていた。いったい何が起きているのか。子供たちは笑っていた。シミも笑みを浮かべていた。子供たちはぼくの両手や服をひっぱりながら、川沿いを歩いていく。電柱が見えた。木の電柱だ。電線が垂れている。ぼくは昔、電線の絵ばかり描いていた。交差点が見えた。年代物のバイクの音が聞こえる。自転車の鈴の音も鳴った。雑踏は月で照らされていた。

シミは煙草を吸いながら、後ろからついてきている。なんで子供たちはぼくを知っていて、服をひっぱっているのか。周辺で祭が行われているわけでもなかった。真っ暗なままだ。子供たちは土でできた小屋の前までぼくを連れてくると、手を振りながらいなくなった。耳には声が残っている。小屋には何の表札も看板もない。ぼくは立ち往生した。シミが後ろから肩を叩いた。

「いまポップコーン買ってくるから、待ってな。席は35Aだ。あとでカイゾウもくるから、みんなで見よう」

カイゾウとは人の名前だろうか。小屋の中を覗くと、埃くさかった。緑色のレーザー光線が天井から伸びている。照らされた地面には石ころが見えた。席を探していると、シワの寄った右手が目の前に現れ、ぼくにグラスを渡した。中に何か入っている。老人はそれを飲めとジェスチャーで伝えてきた。後ろを振り返ってシミを探したが、どこにもいない。ポップコーン屋はバーカウンターの隣りに見えたが、シミはいなかった。シミはいつもどこかへ消える。トイレだろうか。時間がそこだけすっぽりとなくなっている。シミはいつも遅刻した。遅刻しても、最後にはやってきた。

３５Ａといっても席なんてものがあるわけではなく、ただの地べただった。ぎゅうぎゅう詰めになったまま、サーカスがはじまった。シミはいつまでも現れなかった。友達もまだ来ていなかった。青色のレーザー光線が混ざりはじめた。生ドラムの音が鳴った。幕の向こうにトラの腹が見えた。しかし、出てきたのは道化師だった。べつに鼻が赤いわけではない。化粧すらしていなかった。脂肪たっぷりの腹を出し、髪はぼさぼさで、やる気がまるで感じられない。一番前の客に唾を吐いた。叫び声が聞こえたが、騒ぎになることもなく、観客は黙って道化師のほうを見た。道化師はポップコーンを脇に抱えていた。それはシミだった。遠くから男が大きな声で「シミ！」と呼んだ。シミの服には血みたいな染みがついていた。額には紫色のあざが見える。いったいこれはサーカスなのか？　そもそもトラがこんなところに出てきて大丈夫なのか？　ぼくは徐々に心配になったが、不安だったわけではない。観客席のまわりにも人がうろうろしていて酒を飲んでいた。ぼくはただシミの車に乗っただけだ。その日がまだ続いていること自体、変だった。おれは八王子にいたはずだ。中華街だというのに、中華料理屋の一つもない。あるのは、この土壁のあばら家だけだ。シミは舞台の上で、ふてくされた顔をして座りこんだ。内ポケットからウィスキーを取り出すと、それを一気に飲み込んだ。シミは道化師だったのかもしれない。サーカスとはシミが不定期でやっている催しのことだった。しかし、それが本当なのかどうかはわからない。

舞台の上では何も起きなかった。途中で何度か眠ってしまった。演《だ》し物の記憶すらない。人間はなぜ思い出そうとするのだろうか。目の前の出来事はぼくの知らないことだらけだ。シミはまだぼくの隣りに戻ってこないまま、舞台の上で座っている。いや寝ていた。これはシミの夢だ。ぼくはそれを見ていない。しかし、見なくてもわかる。そのことをぼくは知っている。なぜ、人間は見ていないものを見ることができるのか。染みを見て、それぞれに違う模様や生物のことをイメージするのか。そのことを考えてみると、よくわかる。あらゆるものを見ながら、ぼくはシミを思い出そうとしている。シミはまだこの世には存在していなかった。ぼくもまたそうだ。そこは海だった。海は一本の流木だっておろそかにしない。その木はどこかの森とつながっていて、一度も出会ったことのない虫の寝息だって耳元で聞くことができる。サーカスの喧騒だってそうだ。悪いことばかり起きたわけじゃない。意味のないことばかり起きた。

シミは舞台から友達を呼んだ。そいつがカイゾウだった。カイゾウは舞台に上がり、三度くしゃみをしたあと、フライングVみたいなアコースティックギターを持って突然歌いだした。ギターの三本の弦だけをかき鳴らして、何か雄叫びをあげた。意味はなかった。黒人が横でコンゴを叩いている。真っ黄色のモヒカン野郎が刺青《いれずみ》をいれた両手をあげて合図をすると、シミは突然歌いだした。天井からゴムでしばられた裸の女が降りてきた。着地寸前でゴムが切れると、女は地面に落ちた。地面はじめじめした沼みたいになっていて、女は飲み込まれてしまった。女の足だけが地面から突き出ている。ゴムの跡なのか、足首が赤くなっていた。シミはウイスキーを沼の中に垂らした。カイゾウはまだギターを弾いている。意味がわからない。じきに慣れる。いつもそうだ。シミはそもそもそこにはいなかった。中華街で大きなテーブルを挟んで向かいに座っているシミと裸のシミに、そう違いはない。その日は雨だった。雨が降っていたのか、そういう演出だったのか。ガラスの破片が落ちていた。映り込んでいたのは、バーカウンターの赤のネオンだった。髭面《ひげづら》の男は、ぼくを見ると、懐かしい顔をした。知らないやつだ。

ぼくのまわりにはいつも、知らないやつしかいなかった。

注文する前に、元気なおばちゃん二人がおすすめ料理を勝手に持ってきた。大連の母ちゃんは、自分のつくった煮物がおいしいんだと言って、テーブルの上に置いた。焼き餃子を出したあと、福建省の姉ちゃんが、まかないで食べていたはずの水餃子をぼくの皿に置いた。シミは笑っていた。店内の花柄の壁紙はとっくの昔に剝がれ落ちていて、土壁がむき出しになっていた。何枚も壁紙を張り替えたあとがある。シミはカッターで壁紙のかけらを切り取ると、ポケットにしまいこんだ。窓の外は灰色だった。雨だったからかもしれない。首都高に似た道路が宙を浮いていた。緑色の看板には英語でぼくの街の名前が書かれている。しかし、シミの話はまるで違っていた。シミは中華街には行っていないと言い張った。黒い水着を着たっていう、あの歌詞はおれのことだろう。詮索するシミの顔は幼く、嘘なんかついたことのない顔をしていた。店の中は暗かった。それが原因かもしれない。元気なおばちゃんの声のせいで蛍光灯がときどき、驚いたみたいに一瞬消えた。

サーカスはまだはじまってない。紹興酒の蓋を開けながら、シミは真っ白い風船みたいな場所について話していた。それがどこなのか、シミは説明をしない。そこがサーカス会場だった。いろんな楽器を持った男たちがいて、みんな変な化粧をしている。入口から席までが長すぎて、途中で引き返す者もいた。シミとぼくは、会場内の廊下の途中にある店に入った。シミの言うことにはでたらめもたくさん入り込んでいる。しかし、シミにとってはそのどれもが真実で、一つもでたらめなんてなかった。ぼくにとってもでたらめじゃないのかもしれない。シミは交差点のことを話しはじめた。ぼくはそこにいた。子供たちはどこからきたのか覚えていない。そもそも、彼らは子供だったのか。たしかに人影は見えた。白熱灯だった。ぼんやりとしていた。台所が見えた。そこにいたのは、ニーチだった。

ニーチは四国で料理の勉強をしていた。中華料理屋をはじめたいと言っていた。まだ二十歳になっていなかった。ニーチは、四国から突然八王子にやってきた。それで八王子にある福建省の中華料理屋で働きはじめた。ところが、その店は休みばかりで、少しも金にならない。そこでシミの家に居候することになった。客はたいていテーブルをひっくり返して、麻雀をやっていた。ニーチは負け込んでいるから金を貸してくれと、ぼくに言ってきた。ぼくは一文なしだった。シミの財布はいつも無防備だった。一万円札が三枚顔を出していて、ぼくはそれを抜き取ると、ニーチに渡した。でかいスピーカーは静かだった。ぼくは押入れの襖《ふすま》を見ていた。少し隙間が空いていた。ぼくが襖に顔を近づけると、ニーチは料理屋へと戻っていった。

隙間から見えたのは、地図だった。宝島の地図だ。すぐに声をかけられたので、ぼくは襖を閉めた。仏像が並んでいる。それはどれも絵だった。ぼくには、そう見えた。べつにこれが何の仏像かなんてそんなことはどうでもいい。それが「見える」ってことが大事で、大昔の人だってそういうもんだろ。ヨギンはそう言いながら、壁にかけてある自分の描いた絵をじっと見た。軽トラックはずっと同じところを回っている。家の近くなのに、おかしいな。でも、まあいっか。ぼくとヨギンは軽トラックに乗って同じところを走っていた。おばちゃんがまた料理をもってきた。ニーチはもういない。たんたんたらららたららたららら、たんたんたららたららたらららたんたら。弦を弾く音がする。スピーカーから聞こえてくる。カイゾウがやってきた。白髪のオヤジだった。

「あれはただのペンキ絵だろ。そんなもん見ても、桃源郷にゃ辿りつかんよ」とカイゾウは言った。

「そろそろはじまるぞ」

シミは酒の入ったグラスを持ったまま静かに立った。廊下は長い。ぼくはいくつかの村を通り過ぎていった。あれは剝製《はくせい》だったのかもしれない。剝製師だった叔父のことを、シミはずっと話している。目を見るかぎり、動物は死んでいなかった。ぼくは恐ろしくなった。幕の向こうのトラがこちらを見ている。腹しか見えなかったが、ぼくは見られた気がした。鍵盤をずっと弾いている老人がうつむいている。樹木には蔦《つた》がからまっている。置いてある石像はつくりものだった。

「本物はこれ」

シミは発砲スチロールがむき出しになった石像の頰をつまむと、ポップコーンみたいに口に入れた。

「本物の植物をつくるんなら、紫色を混ぜろ。そうしないと嘘になる。何でもそうだ。見えていない色を入れる。そうしないと本物にならない。本物は偽物」

遠くで銃の音がした。煙が上がっている。蹄《ひづめ》の音が聞こえる。ぼくはまだミントティーを飲んでいた。あれは死んでいない。剝製ではない。本物をつくろうとしているわけでもない。ぼくはただ書いている。この状態を書いている。記憶ではなく、いま生まれているものをただ記録している。これは一つの記録だ。旅行記ではない。ただの地震計だ。変化ではない。変化ではなく、膨張したり、収縮したりするその動きを、そのまま別の機械に委ねているだけだ。これは誰の声か、判断する必要はない。どれも自分であり、どれも生きている。

これは襖の奥の光景だ。地図ではない。シミは話していたが、口は動いていなかった。ここはまだ入口だという。店がたくさんあった。村では食事の準備がはじまった。暮らしていた街からもそんなに離れていなかったはずだ。しかし、ぼくは家に帰らなかった。川沿いを歩いたり、岩の上でしばらく休憩した。喉が渇いていた。水の音が聞こえた。歓声が聞こえた。銃声ではなかった。馬が雄叫びをあげている。地べたのシミはまだ眠っていた。そろそろ苦情がきてもいい頃だ。支配人はどこにいる？　しかし、観客は何も言わず見入っていた。退屈すぎる。ぼくも眠かった。これはサーカスではない。小さい頃に見た、馬から転げ落ちた道化師を思い出しただけなのかもしれない。ぼくはまだ廊下を歩いていた。人が横から出たり、入ったりしている。扉が見えた。この先でサーカスが行われているのだろう。そのとき、内側から扉を叩く音がした。

「助けてくれ、ここから出してくれ」

しかし、鍵がかかっていて開けることができない。シミはまだ眠っていた。頬は砂で汚れていた。ポップコーンが口から出てきた。ポケットからキーホルダーが見えている。

シャボン玉みたいな透明のキーホルダー。天井のスポットライトがシャボン玉を照らしていた。何かがはじまった。道化師が出てきて、突然しゃべりだした。

「いまからとんでもないものが出てきます。恐ろしいものも出てきます。しかし、それらはどれも嘘です。嘘なんです。牙で噛まれても死ぬことはありません。保証します。このわたしが保証します。お願いですから、怖がらないでください。心配ありません。どんな猛獣でもあなたが偽物だと思えば、それはすべて嘘になります。これは英語です。日本語ではありません。だからお前らには意味がわからない。それでもおれは言う。これは嘘です。いまからはじまるこのサーカスは面白いことにすべて嘘。一つも存在しないし、見えたと思っているあなたは勘違いしているだけです。それがわかればこのショウを楽しむことができるでしょう」

ただのキーホルダーがしゃべる。ボタンはニーチが押したのか。ニーチは馬にのってどこかへ行った。四国から馬でやってきた。台所にはスパゲッティの麺が捨ててある。ぼくは口を開け、声を出していた。そこには何人か人がいた。シミが目をさました。

「サーカスはどうだった?」

ぼくは黙っていた。シミは笑った。株の本を開いた。チラシの裏に何か書いている。

ぼくは酔っ払っていなかった。タカが三線でベルベルの音楽にあわせて、歌ってる。たんたんたんたららたららたららん、たんたんたんたららたららたらら、ありがとう、ありがとう。

森のメモ

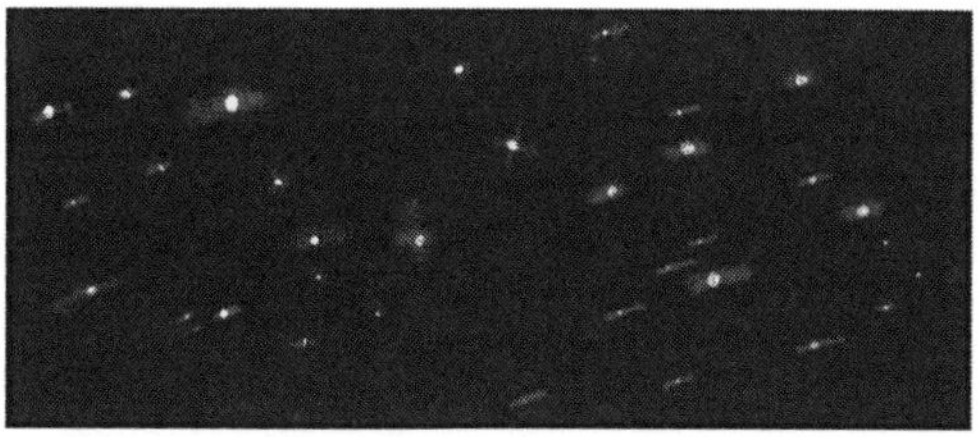

シミは書き上げると、その紙をぼくに見せた。ぼんやりしていたぼくの頭をプラネタリウムが照らしている。いや、そこに機械はなかった。内側から光っているんじゃない。頭蓋骨の外側から光が漏れていた。それで光っているんだとぼくは黙ったまま考えた。ここは相変わらずシミの部屋で、タカはやはり三線を弾いていた。ところが歌声が聞こえなくなってきた。頭の中の満天の星に関心が移っていたからかもしれない。我にかえってもう一度、まわりを見渡した。ヨギンはミクロネシアで買ってきたという天狗のような金属製のお面をかぶったまま、裸で踊っていた。からだの動きはスローモーションで、ぼくはナイロビ市内にあるクラブ〈ナイロビ２０００〉で見た男かと思った。鉄格子の酒屋で立ち飲みをしていたぼくは天井からぶらさがっているテレビ画面を眺めていた。ヤシの葉をぶらさげた上半身裸の女たちが踊っている。一人だけ美人がいて、ぼくはしばらく見とれていたが、突然、スキンヘッドの黒人男が真っ白い歯をこちらに向けながら、割って入ってきた。ぼくはあの女が男の恋人なのかもしれないと嫉妬した。女の残像が男の顔に被さり、白い歯はまるで強い光のようにブラウン管からぼくを照らした。横でビールを飲んでいたトミーが、細い茎で歯茎をこすっている。

「ルオー族の踊りだ」

トミーはそう言いながら、誇らしい家族のように指をさした。トミーの眼球は黄色くにごっていたが、瞳孔はしっかりとぼくを見ていた。ドラム缶のテーブルの上にビールを置いたトミーは、テレビ画面の男が乗り移ったかのように両手を広げた。まわりの人間がささっと動くと、そこに小さな広場ができた。トミーは右手をゆっくりと鉈《なた》のように振り上げ、手首を切り、腕を切り、肘を切り落とした。左腕はそのままコンクリートの床に落ちた。魚の揚げ物を皿に乗せたコックが、ドラム缶の上に無造作に置くと、そのままトミーの横に並んで、同じように踊りはじめた。左腕は床の上でまだ動いていて、上を指差している。画面に映っている男は、からだを静止したまま、目をつむっていた。テレビが壊れているんじゃない。女たちの腰巻きはゆっくりと揺れたままだった。

「これがおれたちが暮らすキベラだ」

トミーはコックと肩を組みながら、口を大きく開けて笑った。ブラウン管の光線が当たって、黄緑色に変色した歯には、食べカスがところどころ残っている。〈ナイロビ2000〉のメインフロアが真っ暗になったとき、トミーはコックにしたようにぼくの肩に手をあてた。エントランスで金を払ったのはぼくだった。

「踊りがすべて。歌もいいが、何といっても踊りだ。歌や音楽がなくなっても、おれたちは踊ることができる。踊りってのは、おれたちが生きているこの地面との連絡だ。地面はいつだって違うことを考えていて、人間ってのはいつも誤解して、へらへらしていやがる。踊り手ってのはその裂け目を冷や汗かきながら渡ってるんだ。そうじゃなきゃ踊りじゃない。ここの踊りは、あっちの言葉だ。あっちからいろんな声が聞こえてくる。おれたちにゃ聞こえない。だから、踊る人間ってのは半分人間じゃない。草だって踊ってる、石ころだって踊ってる。鳥だって踊ってる。雲だって踊ってる。人間が踊るのは、自然に学べってことじゃない。おれたちが感じてる、鳥やシマウマやこの茎って区別がいかにどうでもよくて、そういうことじゃないんだってことを知る作業で、そんなの哲学者だってできないだろう。だから、うちらは踊るやつを最も尊敬する。あいつを見ろ。七人の嫁がいるあいつを。あいつは金なんか一円も持ってない。ここではそんなのいらない。あいつは踊る。踊るところには何でも集まってくる。躍動するからだは湧き水みたいなもんだ。いまから出てくるあいつの踊りを見ろ。それが次の言葉だ」

　女の声がした。ぼくはまったく知らない場所で鳴り響く黄色い声援を不思議な気持ちで聞いた。誰が出てくるかなんてどこにも書かれていなかった。ステージなんかどこにもない。知らず知らず、みな床に座った。トミーもぼくをひっぱりながらしゃがみこんだ。しばらく沈黙が続いた。すると、真横から細い光が壁から壁に伸びていった。影になったまま出てきたのは、背の低い少年のような細身の男だ。顔に光が当たった。すると、目や鼻や口や眉が朝顔みたいに萎《しぼ》んだり、拡がったりしはじめた。男のからだには異変が起きていた。ピンポン球が血管に入り込んだのか、指先が膨らみ、脈を打つように関節に移動すると、手のひらをぐるぐる一回りしている。ギターの弦を強くつまんだように腕全体が振動し、ピンポン玉は気づくと首にまで到達していた。ぼくは時間の感覚がおかしくなっていたが、トミーの声はいつもどおり聞こえていた。男はそのまま光の射すほうへと横へスライドするように、ゆっくりと歩いている。やわらかく溶けそうな男の顔は次第に固くなっていったが、唇だけは相変わらず焼いた脂肪みたいにぷよぷよしていた。焦点があってきたが、ぼくは戻りたくなかった。硬直した顔は、光線で照らされて青黒く光っている。お面をかぶったヨギンはその陰茎みたいな鼻の先端をぼくに向けたままこちらを指差した。

「そうだよ、星だ。星が見える。マリオ、見えたか。森がかいた、かいた？　ひっかいた。何をひっかいた？」

「空気」

「空気をひっかいた。それで、ぷわんって穴があいた」

ヨギンはぼくのほうへと近寄ってきた。タカの三線が鳴っている。さらには三線のボディーを器用に叩いて、リズムを打ちだした。

「ありがとう」

タカが歌う。感謝の言葉というよりも、どこかの国の挨拶のようだった。ぼくはシミからもらった紙を見た。ボールペンで描いたその線は、濃いところもあれば、薄いところもあり、くっきりと決めて描いた線もあれば、おぼつかないまま描いたのか、線にすら見えない痕跡もあった。ぼくは上から眺めていた。等高線なんかないが、それは一つの地形のようだった。どこかを示しているのかもしれない。ぼくは顔を横に動かしたり、目を細めたりしながら、調査をはじめた。シミは笑っている。いや、眠っているのかもしれない。目は閉じたままだった。エアコンの風で紙が激しく揺れた。その途端、紙の中から仮面が現れ、ぼくはヨギンに抱きつかれた。フェラ・クティの曲のせいなのか、さっきから同じところをずっとぐるぐる回っているような気がする。路地の中に入り込んだ軽トラックに枝木が当たる音がして、ぼくは目をあけた。

「これ、さっきも見なかった？」

ぼくは交差点の猫の看板を指差しながら言った。

「気のせいだろ」

ヨギンは手首にいろんなネックレスをはめている。これはタイ、こっちはアフリカ。旅に行ってはビーズを買ってくるんだ。そうやって適当にネックレスをつくって路上で売ってる。これがけっこう金になるのよ。ヨギンは行商をやっていた。

「タカにいろいろ教えてもらってね。でもな、本当はおれ画家なの。絵じゃ食えないしな。金のためなら何でもやる」

ヨギンの指が波のようにぼくの目の前で揺れている。タカはテンポを落とした。砂埃が見えたが、ここは八王子だ。ぼくは両手をまっすぐ広げると、鳥のような格好をした。

シミはクッションに顔をうずめている。

「これは図面だ」シミが言った。

「ただの落書きだろ?」

ヨギンはそう言ったが、シミは仰向けのまま反応がない。

「地図みたいに見える。何を意味しているのかはわからないけど、この場所を知っているような気がする」

たしかにぼくは知っていた。鬱蒼《うっそう》と葉っぱが茂っていた。ぼくはそこに立っていた。ニーチがビールを持ってきた。まあ、飲みなよ。ビール瓶をくわえたまま上空を見上げると、満天の星空だった。寒くはない。ぼくは外から見ていた。頭蓋骨の外側は光で満ちていて、無数の穴を通って脳みその中に漏れていく。星座なんかつくっちゃいけない、とタカが言う。星座なんかない。ただ星だけがある。星は自分で名づけないとだめだね。そうでないと、四方八方水で囲まれたとき、どうするんだ。どこの誰がお前の道標《みちしるべ》になるんだ。道標なんかないってことに気づくと、面白いよ、そりゃ死ぬかもしれないけどね。タカはよく一人で、カヌーに乗ってどこにでも行くとニーチが教えてくれた。

シミはまだ目をつむっている。ぼくはタカの言うとおり、できるだけ星座をつくらないようにした。つなぎたがっている手が見えても、ひとまずは置いておいて、焦点をずらして、そのものを見ようとした。紙の上には目立つ一本の線が引いてあった。ずっと前からそこにあるような線だった。線じゃないような気がした。それは廊下だったのかもしれない。ぼくは星を見上げてはいなかった。ぼくは頭蓋骨の外側にいただけだ。じゃあどこから見ていたというのか。これはぼくの勘違いかもしれない。それなのに、どこからか、がやがやと声が聞こえてくる。そのままを、ぼくはシミの部屋で話しはじめた。そこにある姿をできるだけ忠実に伝えようと、簡単な言葉で言うことにした。虫の鳴き声にも聞こえたが、たしかにそれは人間の声だった。ぼくは地図を持っていたわけじゃない。だから、正確な方角はわからない。それでもぼくは北を見ていた。北にあったのは鬱蒼とした森だった。森といっても、植物が生えていたわけじゃない。それは家だった。

「家?」ヨギンは変な声を出した。

「うん、家だ。家だと思う。小さな家が集まっていて、それが一つの大きな獣みたいに見えている。石かもしれない。巨大な川かもしれない。水が流れている。あれは家だ。家に住む人だ。そういう地図だよ、これは」

シミは相変わらず黙ったままだ。シミはどこかへ行っていた。夢の中じゃない。夢の話なんかシミは一度もしなかった。きっとシミは夢なんか見ない。一度もシミが眠っているところを見たことがないとニーチが言った。だから、いまだって寝ているんじゃない。どこかへ行ってるだけだ。空き瓶が並んでいるキッチンのテーブルをニーチは静かに片づけていた。

ニーチェと幽霊

シモンとニーチは五つ離れた兄弟だ。だから、ニーチはぼくの一つ年下ってことになる。ニーチは高知の料理学校を卒業したあと、伊勢の旅館で働いていたらしい。東海道中膝栗毛にも登場したという古い旅館で、いまでもあの建物が何階建てだったのかわからないとニーチは言った。ニーチはそこの板前の見習いをやっていた。住み込みだった。急勾配の石段沿いに建っているので、石段からは平屋が並んでいるようにしか見えない。ところが中の空間は全部一つにつながっていて、入ったところが四階だったりする。ニーチはしばしば迷子になった。ニーチは少しぼうっとしたところがあるのだが、自分ではまったく気にしていなかった。迷子になっても平気な顔で窓から見えるシュロの葉っぱをよく眺めていたらしい。高知の実家を思い出したそうだ。

なんでこんなところに来てしまったのか、べつに悩むこともなかった。由緒正しい旅館だったらしいが、総木造の建物は改修されることもなく、そのままでところどころ瓦は落ち、雨漏りもすごかった。板前見習いといいつつ、ニーチが主にやっていたのは雨漏り探しで、湿った天井板を見つけると、すぐにハシゴで屋根に登って、そのへんの瓦を確認する。特別な技術があるわけでもないから、ただパテを埋め込んでいただけらしいが、屋根から見るその建物もずいぶん変で、四階が二階に見えたり、実際に三階だと思っていたら、最上階だったこともあった。しかもニーチは幽霊が見える性質らしく、何度か実際に見た。そんなことを誰も信じていない。国立のシモンの家からもすぐに追い出された。何でも首を吊った三人の幽霊が週替わりに出てきたそうで、それ以来ニーチはシモンの家に近づくことすら禁じられた。結局、その伊勢の旅館からは抜け出すことができないまま、昼間なのに何度か幽霊と出会って仕事もままならず、梅雨が過ぎればただの役立たずなので、ニーチは三ヵ月ほどで仕事をクビになった。

しばらく高知の実家にいたらしいが、室戸岬の空海がこもっていた洞窟の中に入って何日か過ごしたあと、適当にふらふら歩いていると、頼まれもしないのに車に乗せられた。べつにヒッチハイクをやっていたわけじゃない。ただ歩いていただけだ。ニーチはよくそういうことに巻き込まれた。ニーチには積極性というものがまるでなく、ただ雲みたいにいつもようよう流れているだけだった。それなのによくニーチは人に助けられた。助けられたというのか、使い勝手がよかっただけなのかはわからないが。黒のハイエースに乗り込むと、運転席に座っていたのは初老の男だった。男はただ黙ったまま、車を走らせた。ニーチはそれでもかまいやしない。どこにも行くあてがなかったし、ただ暇だった。そういうところがニーチの長所だとぼくは思っているが、それをどう言葉にしたらいいのかわからない。ぼくはすぐに暇を持てあますが、ニーチには暇や退屈という概念がなかった。ニーチはまるで孫みたいな顔をして足をダッシュボードに投げやると、背もたれを倒そうとした。しかし、なかなか倒れない。それくらい古いハイエースだったが、どんなに力をいれても下がらないのでさすがにおかしいと思ったニーチはふり返ってみた。それもそのはず、後部座席は板張りになっていて、布団が敷いてある。ニーチは何食わぬ顔で助手席を離れると、黙って布団に潜り込んだ。車内は異様に魚くさかった。これは、釣り餌《え》の臭いだと昔をしばらく思い出したが、ニーチは釣りなんかやったことがなかった。ところが釣具屋にいくのが好きだった。釣具屋の何が好きかって、あの色だ、とニーチは言った。あと小物ね。ニーチは釣具屋で買ってきた三段式の小物入れを何個も持っていた。中には道端で拾ったものばかり入っていて、どれ一つほしいと思えなかったが、ニーチはとても大事にしていた。その姿になぜかぼくは嫉妬した。

ハイエースのじっちゃんは末期ガンだった。膵臓のガンだ、と言った。ニーチの祖父と同じガンだった。膵臓ガンって痛いんじゃないのと聞くと、じっちゃんは、もう痛みの感覚がおかしくなってて痛いのかかゆいのかわからなくなっていると言った。親指が引きちぎれているので、どうしたんだと聞くと、手製の青汁をつくろうとしてたら、何かの野菜の茎がひっかかってしまってそれをどうにか抜こうとしたら、抜けた途端にミキサーが高速回転し、親指をひき肉みたいにしちまったと言った。じっちゃんはどこか悲しげな顔をしていたが、いつも笑っていて、ニーチはふと自分の祖父のことを思い出した。祖父は大工だったのか、会社員だったのか、自転車屋だったのか、いまもわからない。祖父の家は小さいのに、その裏山には木をそのまま使ってネットで屋根をこしらえた「作業所」と呼んでいた場所があって、そこで祖父はいつも木で自転車をつくっていた。スーツ姿のときもあったから、会社員かもしれない。献血がやたらと好きで、高知県から表彰までされていて、ニーチは子供ながらにたいした男だと思った。祖父はそこらへんの材木屋からもらってきた廃材を使って一人で黙々とつくっていた。自転車は不思議な構造をしていて、ぜんまい式だったことを覚えている。三輪の自転車で、前輪が二輪だった。座席はバス停のベンチを半分に切って取りつけられていて、子供だったら最大で五人まで乗ることができた。そんな自転車はいまだに見たことがない。難点は、ぜんまい式のために七、八メートルほど行くと、そこで巻いたぶんが切れて止まってしまうことだ。そのつど回さなくてはいけなかったが、馬に乗っているやつらばかりいたから、ニーチは自分をハイテクな機械仕掛けな家の生まれなのだと悟った。

その頃、幽霊をはじめて見た。最初は祖父がつくった電気的な幻影かと思っていた。ニーチは裏山に祖父が出てきたのかと思ってミラー越しにじっくりと見た。運転席のじっちゃんは、たしかに生きていて、イタリアの漁師みたいに日焼けしていた。ミラーにかかっている木の水中メガネが気になったので、後ろから首を出して見ていると、じっちゃんは黙ってそれを取って見せてくれた。自分でつくったんだと言う。後ろにもあるぞ、と言うので物色してみると、椰子《やし》の葉っぱでつくった足ひれを見つけた。じっちゃんは魚をとって暮らしていた。ご飯粒はいっとき食べていなかった。ガソリン代はどうするんだと聞くと、食べ残った魚と交換する、と当然のように答えた。死ぬまで海で暮らしたい、海で死にたい、だから、ずっとこのへんをうろうろしている。じっちゃんには家がなく、車で暮らしていた。年金はなく、生活保護をもらっていた。それで死ぬまで海で魚をとって暮らして、この人は幸せなのではないかとニーチは考えた。はやく老人になりたいと思った。あとどれくらいなんだと聞くと、もって半年、と言う。しかし、ニーチには幽霊になったじっちゃんは想像することができず、おそらく死んだ祖父の生きているバージョンだなと思った。このじっちゃんはずっと死なないんだろう。木の水中眼鏡で海に潜っている男なんかどこにもいないし、死んだ祖父が見たら喜ぶだろう。ニーチは木の自転車の話をした。じっちゃんは祖父のことを知っていた。同級生だと言った。本当か嘘か知らないが、名前は忘れたそうだ。でもその自転車に乗ったことがあると言った。ぜんまい式のやつだろ、とじっちゃんは言った。ニーチが思い出しながら、つい口走ったからかもしれない。

ニーチは変なやつってわけでもなかった。見た目は普通だった。シモンだって、家には立ち入るなと言っていたが、今日の宴では兄弟そろって楽しそうにビリンバウを弾いている。じゃあ、ニーチ、お前はどこに住んでいるのかとぼくは聞いた。多摩川だよ、とニーチは平気な顔で言った。雀荘もあるから遊びにくればいいよ。家を追い出されてどうしようもなくなって、ふらふら歩いていたら多摩川が見えてきて、何か小屋が立ってたんだよ。それが何だか変な小屋で、みすぼらしくない。まったくみすぼらしくないんだよ。南国みたいな感じで、高知を思い出した。バイトしてたところがあって、南仏に住んでたジョルジーニョってやつがハイチバーをやっていて、そいつのベトナムの思い出を全部詰め込んだって言ってた。台風で壊れても、ジョルジーニョは平気な顔してビール飲んでて。そういう人間が好きなんだ、ぼくは。台風で店ごと吹き飛ばされちゃって、そもそも土台なんかない屋台だったから仕方がないんだけど、一緒にぼくはつくったんだよ。その小屋に似てた。それが多摩川にあったんじゃない。ぼくが手伝ったはずの小屋は高知にいまもある。それと似てた小屋があって、いや、似てると言っちゃいけないな。そいつらは兄弟だ。ぼくとシモンみたいなもん、とニーチは言った。

小屋にいた親父はモグリで渡し船をやっていた。鳥のくちばしみたいな細い船を自分でつくって、藁《わら》でつくった帽子をかぶってた。帽子には雉《きじ》の羽根が突き刺さってて、獣みたいな人だった。眠かったから、陰になってるところに腰掛けた。次の日からぼくは働きだしている。近寄っても、一言も発しない。ただ黙って煙草を吸って、魚釣りをした。そんなもんだよ。ぼくの場合はいつもそうだ。知らないあいだにいろんなことがはじまってる。親父は山根さんって名前だった。そのうちぼくも船をもらった。多摩川はすぐに洪水になっちゃう。この船だってどこかから流れてきたんだ。詳しいことはぼくにもわからない。ぼくはわからないことばっかりだ。それでもどうにかやっていける。そんなもんだ。そこでぼくは考えた。洪水になっても大丈夫なように、船をそのまま家にしちゃえばいいんじゃないかって。廃材なら小屋の裏手にたくさんあった。ここだったらシミの家にも歩いていける。ニーチの家は、二階建てだった。何度か洪水にもあったそうだ。そのつど、下流に流された。山根さんはもういなくなった。ぼくはまだここにいる。とはいっても、ここは前のところとは違うよ。船はどんどん流されていく。また今度洪水がきたら、違うところに行く。それでもぼくは船の上に住んでいるとニーチは言った。

ニーチが巻いてくれた煙草を吸いながら、ぼくは二階の小さな窓を開けて外を眺めた。少しだけ欠けた丸い月が水面で揺れている。昨日は満月だった。

魚の一歩手前

赤坂見附の駅周辺をスーツを着た男が歩いていた。よく見ると男の靴底は抜け落ちていて、裸足だった。無数の小石が皮膚にめりこんでいた。追いかけてみたが、男は獣みたいにすばしっこく、すぐに見失ってしまった。その男が、ヨギンだとわかったのはいつだったか覚えていない。ぼくの記憶なのか、ヨギンの冗談だったのか。いや、ぼくはしっかりとその男を見たはずだ。いまでも真っ白な足の裏が目に焼きついて離れない。日焼けしているのか、足の甲まで真っ黒だった。まるで黒人みたいな足だ。酔っ払ってキベラの道端で倒れていたぼくの横を、大きな足の群れが通り過ぎていった。後ろから老婆の声がする。ぼくは、土壁の家の中へ連れていかれた。老婆は床に布を敷くと、自分でつくったというビーズ製のボールペンケースをいくつも並べた。

「何個でもいいんだよ、自分が好きな色だけじゃなく、あんたも恋人とかいるんだろ？家族だって。そんな人にも買ってあげるんだよ。これは健康になるおまじないがかけられているから、たくさん買えばそのぶん御利益がある。安くするから早く選ぶこった」

布は刺繡で文様が描かれていて、ぼくはいっぺんに彼女の思い出の中の一人になった。ぼくは老婆のことを昔から知っていて、何度か家で食事したこともあった。魚の揚げ物が得意料理だった。手を洗えってうるさい。ドラム缶の中に薄茶色の水が入っていて、仕方なく手を洗おうとすると、男の子がぼくの後ろからまとわりついてくる。えー、えー、って言いながら、椅子の上に乗ったかと思うと、ぼくの耳たぶを触ってきた。女の子みたいな手触りだった。ぼくは誰かの家のトイレにかけてある、カレンダーの花畑にいた。鼻水が出てくる。昨日、裸で寝たからだ。老婆は台所の奥から小さなグラスを持ってきた。中には緑色の液体が入っている。それを飲めって首で指図された。ヨギンはベッドに寝転んだまま、白い歯をむき出しにして笑っている。勝手にしろってことだ。老婆はぼくのことをただの上客だと思っている。ぼくは目をつむると一気にその液体を飲みこんだ。頭が真っ白になって前が見えなくなった。どれくらいたったのだろうか？しばらくすると肩を叩かれた。老婆に？　いや、ヨギンだった。ヨギンは踊っていたはずだ。それなのにぼくが目を開けると、仮面をとったヨギンが座っていて、窓の向こうはもうずいぶん明るくなっていた。雲も見えて、その向こうの山も見える。稜線がくっきり見えたのは久しぶりのことだった。「それ、おれ」とヨギンは言った。

「でも、スーツ着てたよ」

ぼくが否定しても、ヨギンは自分だと言い張った。なぜぼくがいま、その裸足のサラリーマンのことを思い出したのか？　口にしたってことは、情景が浮かんでいたはずだ。

人間はわざわざタンスの中のものを引っ張り出してくることはしない。面倒だから。それがぼくだし、人間はみんなそうだ。ただ情景が出てきた。いや、もともとあったのかもしれない。ぼくはずっとその男を探していた。

「そりゃ、そうだ。それがおれだからな。お久しぶり。そういうもんだ。目ってのは不思議なもんだ。音楽だって一度聴いたら永遠に忘れないだろ。あれと一緒。覚えておこうとするからろくなことにならない。頭は逃げないから心配するな。おれと会って、それでまた赤坂の変な男が裸足で歩きはじめた。おれはただ歩いていただけだし、いつでも歩き出せる。おれはいま踊っているが、歩くこともできる。何だってできる」

シミが笑ってる。シミはいつだってそうだ。シミ自体は何の影響も与えない。直接、ぼくに何か言うわけじゃない。それなのに、ぼくは誰かと会うことになっていたし、その出会いはいつも二回目だった。ずっとあとに再会することまで決まっていた。ほしいと思う言葉が、出会ったばかりの人の口からいつもぽっと出てきた。それは決まってぼくの耳にすんなりと入ってきた。シミは閉じてても開いていても関係なかった。土管みたいなやつだった。シミは空っぽだ。何にもない。ヨギンの言っていたことは忘れてしまった。そんなことはどうでもいい。シミは何も言わずに、ぼくに何かを伝えようとした。もちろん会話はした。いつだって言葉が宙を舞っていた。ぼくから話しかけたことはなかった。ところが、不思議なもので、シミのことを書こうとすると、他の人が出てきて、次々とぼくに向かって話しかけてくる。

シミはどこにいる？　シミはいつもソファに寝転んでいて、いまもソファに横たわったまま、ぼくのほうを見ている。ぼくを見ながら、何か描いていた。絵を描いているのか？「絵はヨギンが描く」とシミが言った。ヨギンの車は白いハイエースで、この車はべつに遅いわけでも、故障しているわけでもないのに、ある地点から目的地まで行くのに、予想外の時間がかかった。いまもまだ到着していない。どこに向かっていたのかすら忘れてしまう。ぼくが忘れることもあったし、ヨギンはそもそも気にしてすらいなかった。

「どこだっけ？」

ぼくが聞いても、ヨギンは前を向いたままだ。

「ヨギン？」

すると、ヨギンは閃《ひらめ》いたような顔をした。

「フクロタケってのは、なんで輸入物しかないのかってことだよ」

「そりゃ、中国でしかつくれないからでしょ。日本は気候が合っていないんだよ」

「じゃあ日本でつくれたら、採れたてのフクロタケが提供できるわけだ」

「それはそうだね」

「また一つ商売を見つけた」

ヨギンはよく新しく会社をつくろうとした。ただ金がなかっただけだ。もちろん新しい会社をつくって稼いでいるところは一度も見たことがなかった。埼玉の朝霞《あさか》の外れに、ヨギンは自力でプレハブを建てていた。植木屋として働きながら、帰り道に工事現場を歩き回りながら、廃材を集めていた。シミの家にもいくつか、ヨギンの、拾ってきたのかパクってきたのかも判別不能なヒノキやサクラの材木が置いてあった。ほしいもののリストみたいなものがあって、その台帳にいろんなやつが適当に書き込んでは、払える金額も添えておく。ヨギンは金になりそうなものから順にハンティングした。いつも午前三時頃からはじまる。ぼくも何度かついていった。しかし、いつも、どこに向かっているのかわからない。今日もハンティングをしていたはずだが、もう朝がきていた。渋滞に巻き込まれたぼくとヨギンは、眠くなっていることに気づいた。しかし、どこにも行けない。車はハイエースを取り囲むように渋滞していた。隣りの車線にコウとシモンが乗った黒のジムニーが見える。朝になったらコウとシモンの仕事場についていくことになっていた。

二人の仕事場はディズニーランドだった。ディズニーランドの工事現場で働いていたコウとシモンはヨギンを誘おうとしたらしいが、ヨギンは人の下で働くことができない。植木屋といっても、見よう見まねで突然独立してやっているだけで、誰からも教わっていなかった。道具もどこかから拾ってきたものだ。ヨギンの道具袋は水牛の革でできていた。いろんな道具が入っていたが、ノミや絵筆ばかりで植木屋に必要なはずのハサミ類は一つもなかった。切るのが嫌いだとヨギンは言った。いかに切らないで金をもらうかばかり考えていた。顧客は基本的に老人ばかりだった。

「じいちゃんたちは話をしたいんだよ。きれいさっぱりと切り刻んだ植木なんかちっとも面白くもない。それよりシモの話をしたほうがチンコも勃《た》つし、歌をうたってあげて思い出の幻覚世界の中にぶちこんだほうが金になる。おれは人を見たら、何を話したいのかがすぐわかる。だからといって、すぐその話をしちゃだめだ。おれはぎりぎりまで話さない。それがエクスタシー。焦《じ》らすってのとも違う。性別がどちらかわからない、あの細胞のときの人間の状態。魚の一歩手前。あのときがいちばん興奮するんだよ。だからまずおれは玄関口で細胞になる」

「それで仕事になるの？」

ぼくは意識が戻ってきた。

「フォード先生の言葉を忘れるな。仕事ってのはな、誰もやっていないことだけを永遠に続けるってことだ。植木屋ですって言いながら、細胞みたいに丸くなって玄関で転がってるやつがどこにいる？　いないだろ。それがおれだ。で、おれたちはいまどこにいる？　埼玉か？」

ぼくは看板を見た。赤坂だった。おかしい。ぼくは国会図書館へ向かっていた。いつも一冊も読まずにただ時間をつぶしていた。ぼうっとしていただけだ。何もしていない。それなのに、ぼくは高架下の渋滞に巻き込まれていた。歩道を人がわんさか歩いている。仕事に向かっているんだろう。みんなスーツを着ていた。ぼくは彼らをずっと見ていた。ヨギンが指をさすまで、ぼくはすっかり忘れていた。渋滞は徐々にひどくなり、ついに車は一ミリも動かなくなった。ヨギンはエンジンを切ると、車を降り、一目散に歩道へと走っていった。そのままスーツパンツをはいた女の子のお尻を一度、触った。ヨギンの後ろをぼくも一緒についていく。ヨギンはこちらを向いてウインクをすると、上着を脱ぎながら雄叫びをあげた。誰も振り向くことなく通り過ぎていく。水牛の大移動みたいだった。ヨギンは群れの間をすり抜け、水たまりを飛び越えた。渋滞はとっくに緩和されたのか、無数の車が猛スピードで駆け抜けていく。ヨギンは停めていたハイエースのことをまったく気にしていない様子だ。きっとシモンが何とかしてくれているんだろう。ヨギンは立ち止まると膝をつき、片目をつむった。

「あいつを見ろ！」

ヨギンが指さす方向に一人の男が歩いている。グレーの上下のスーツを着込んだ男は、ピカピカの革靴をはいていた。

「油断するな。勝手に判断するな」

ヨギンはそう言いながら、指揮棒を振るマエストロの真似をした。信号が変わると、スーツ姿の男は我先にと駆け出していった。ぼくも男を見た。ヨギンは指の照準を男の足元に当てた。男の革靴は底が抜けていて、真っ白い足の裏が見えた。見たことのある光景。ヨギンはそこにいる。ぼくははっとし、空を見上げた。今日は晴天だ。また一日がはじまる。何もかも違う時間だった。知らない場所だった。ぼくはずっと前からこの一瞬を知っていた。いや、ぼくはただ、いまそれを見ているだけだった。

クレナイの庭

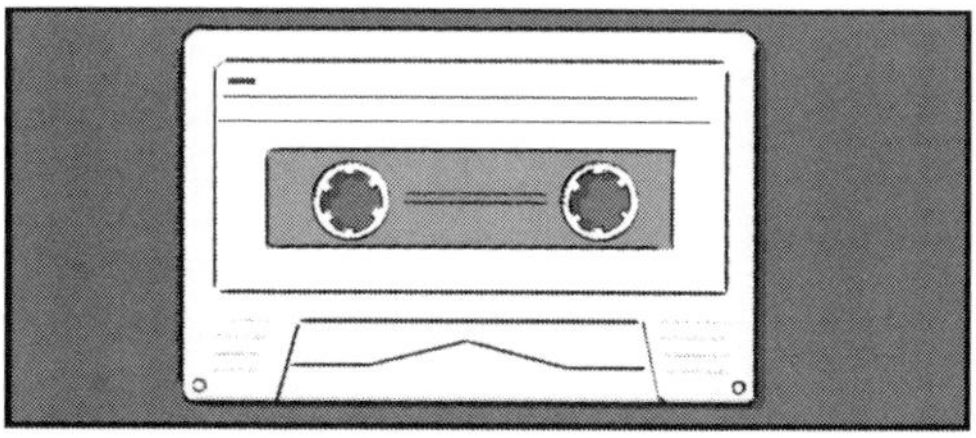

車にいたのはシミで、いつものポルシェの中だった。また音楽が鳴っていた。話し声が聞こえる。遠くで犬が鳴いている。にわとりが走り去る音まで耳に入った。夜だった。おぼろ月が見えた。焚き火の匂いがする。

「録音?」

ぼくがそう聞くと、シミは首を振った。

「いや、これは録音じゃない。おれはそう思ってる。このテープが回りはじめると、犬だってちゃんと起き出して、思い出したように吠える。にわとりだって突然、カゴから放り出される。そういうもんだ。時間が止まることはないし、おれはカサブランカのはずれの山あいの村にいる。ハッサンと行った。ハッサンはその村の音楽一家の末っ子で、なぜかいまは日本にいる。日本で会ったのか、カサブランカで会ったのかは忘れてしまったが、あいつのマジックは本物だ。そりゃそうだ。あいつの一家は楽団のふりして、実は魔術師たちの集まりなんだ。血のつながりはない。いや、違う。血の意味が違うんだ。その村には誰にも聞こえないはずの音が、ときどき山の奥から聞こえてくる。誰にも聞こえない。犬にも聞こえないような高い音だから、たいていの人間にはただ風が吹いているくらいにしか感じられない。ところが聞き取れるやつがいる。つまり、これは幻聴じゃない。お前はいま、幻聴を聞いているんじゃないんだ。聞こえたら仕方がない。歩くしかない。山のほうへ足を一歩ずつ進めていくしかない。そう決まっている。昔からそういう手順なんだ。偶然でも何でもない。誰かが鳴らしているわけじゃない。風のこすれる音でもないし、岩の奥で鳴り響くこだまでもない。その音がどこから聞こえているのかを探す集団がいて、その音が何なのかいまだに誰も知らない。ハッサンも聞こえたらしい。四歳のときだ。そのときにハッサンという名前をもらった。ハッサンはもともと、別の名前だった。ハッサンのあとに長ったらしい名前がついているが、おれたちは誰も覚えられない。だからただハッサンと呼べばいい。あいつの耳は果てしない。そこになぜおれがいたのかは忘れたが、マラガからモロッコ行きの船に乗ったことは覚えている。木の船だった。高速フェリーはもう売り切れていて、おれは勝手にバイクの後ろに乗せられた。十代の若い男だった。母ちゃんはスペイン人で、親父がモロッコ人だと言った。親父が船乗りだった。昔は素潜りの漁師だった。ミントグリーンの船が一隻停まっていて、波止場には掘建小屋があった。おれは掘建小屋に目がない。いつも探している。おれは掘建小屋探しのために、航空券をいくつか買っていた。適当に歩いていれば、そのうちよだれが出るような小屋が見つかるだろうって、カメラも持たずに飛行機に乗った。おれはいつもサイコロをふるように飛行機に乗る。双六みたいに旅をする。そうすると、いつか一回休みがきて、おれはときどき留置場に入れられてる。それでもかまいやしない。おれの人生はそうやって過ぎ去って、またもといた場所に戻ってくる」

車は目黒駅から下りたところにある弁天坂通りの側道で停まった。シミは適当に路上駐車すると、車を降りた。二棟の古い高層マンションの間の細い道を歩いていった。しばらく進むと、銀色に光る門が見えてきた。インターホンはなく、シミが右手を頭の上で三回、虫を追い払うように振ると、鈴の音が鳴った。鈴の音はまた次の鈴の音、そして、またさらに次の鈴の音と反響していって、音は次第に遠のいていった。犬が吠えている。月はマンションに隠れていて、後光のように神々しく光っていた。

「いらっしゃい」

しばらくすると、門の横のサボテンの分厚い葉っぱから女の声が聞こえてきた。ボロボロの門が自動的に開くと、シミは鼻歌をうたいながら、中に入っていく。貝殻が敷き詰められていた。植栽にはいっさい手が加えられておらず、玄関に近づくにつれて茂みは深くなっていった。大きな葉っぱの上にアマガエルが見えた。見たことのない水色をしていた。そのうちに貝殻は消えてなくなり、道はぬかるみになった。シミはサンダルを脱いで裸足になった。芭蕉の木が生い茂っている。伸ばし放題の草むらを抜けていくと、雨露でからだじゅうが濡れた。茂みの先に裸電球が垂れている。建っていたのは百年は経っていそうな古い平屋の一戸建てだった。シミは玄関の壁にかけてある刺繡の入った黄色の布を手にとると、それで髪とからだを拭いた。

「いつも突然くるんだから」

ドアが開くと、ガタイのいい白髪交じりの女が現れた。

「また誰か連れてきたの？　まあ、何でもいいわ。いらっしゃい。くるならくるって言ってくれたら、食事でも何でも用意してあげたのに。お腹は？」

ここは山奥じゃない。目黒駅だ。耳をすませば電車の通り過ぎる音が聞こえたが、それよりも犬の遠吠えのほうが大きな音だった。犬の姿は見えなかった。ぱちっと焚き火の音が聞こえた。レンガで組んだカマドが一つ、鍋からは煙が立ちのぼっていた。

「わたしはクレナイ」

女はそう言うと、大きな黒いスカートを股にはさみこみ、カマドの前にしゃがみこんだ。鉄の大きなフライパンが置いてある。古いテキーラの瓶に入ったオリーブ油を垂らすと、ほうれん草を洗いもせずにそのまま火にかけた。バイオリンの音が遠くから聞こえた。話し声も聞こえる。スペイン語のようだった。

「メキシコに住んでたのよ。山の中。八年ぐらいかしら。メキシコ人の変な男にひっかかっちゃってね。わたしも男だけど、女なの。それでずっと住んでたの。すぐに別れたわ。とんでもない男でね。才能はあったんだろうけど、彫刻やってたんだけどね。そのうちに、次第に霊にとりつかれたって言いはじめちゃって。ま、そのときはわたしだってとりつかれてた。それで、そのとりついた霊ってのが、マーという馬の神様で、人間のかたちをしているんだけど、脳みそだけ馬なのよ。とうとう馬と生活をしはじめちゃって、人間の言葉なんか一つも話さなくなった。街には住めないからどんどん山の奥地に行っちゃって、はじめはわたしだって、入れ込んでたからついていったわよ。メキシコ湾の中に森があるんだと言いだして、山の裏手にある海にも潜りはじめた。これで生活なんてできるわけないし、仕方がないから、わたしはそのへんの山で採れるものを必死に集めたの。わたしは感情も何もなくなってたから。馬として一緒に暮らしてただけ。人間と馬の共同生活。そのうち旦那は一匹の雌馬を見つけちゃって、そいつと結婚するとか言いだして。好きにしたらいいわと啖呵《たんか》きって、わたしは一人離れて暮らすことにしたのよ」

ほうれん草は焦げていたが、クレナイは一向に気にする気配がない。シミは庭に置いてある寝椅子にもたれかかると煙草を吸いはじめた。つんとお香の匂いがする。クレナイはようやく小さな壺をもってフライパンに近づいた。白い粉を振りまき蓋をすると、草むらへ向かった。中腰のまま草履をはいたクレナイの大きな尻が揺れている。クレナイは葉脈のはっきりした細長い草を十本ほど抜いて戻ってきた。

「はじめは何にもわかっちゃいなかったのよ。わたしは生まれも育ちも東京だし、最初は蚊に食われるだけで泣いてた。蚊といっても、ここらへんにいる蚊とはまるで違うからね。羽が玉虫色に光ってね。月のあかりでもちゃんと光るんだよ。こっちはうっとりしちゃう。これが罠なのか何なのか。そりゃ刺されるよ。刺されたら、丘みたいに腕が膨らんでね。そこをアリが這ってまわるという有様。それでも仕方がないからね。旦那はホセって男で、本当にどうしようもなかった。昔はまだよかったよ。腹だって出てなかったし。ホセは何でもすぐに気になると研究をはじめちゃう。家の中には古い図鑑がバカみたいにあってね。しかも、手書きの図鑑まであるんだよ。これは何だって聞くと、ホセの親父やじいちゃんたちがつくったって言う。ホセのはまりっぷりは何も突然変異じゃなくて、代々受け継がれてきたもんだったんだろ。その手書きの本はヤギの皮の装丁で、いい色してるんだよ。持って帰ってきたから、あとで見せてあげる。わたしは食っていかないと死んじゃうからって真剣に図鑑と向き合ってね。毎日、散歩しながら、いろんな植物や木の実を採集しては、図鑑とにらめっこした。自分でも植物の絵を描きはじめてね。これでもともとはパリで画廊をやってたんだよ。ギャラリーケムリって名前のね。それで、いろんなわけのわからん芸術家たちの展覧会を開いてやった。みんな無名で、金なんかないわけ。ホセは昔、実業家だった。といっても、何か変なもの売りさばいたり、踊り場をつくったりしてたから、変わっちゃいないといえば変わっちゃいないけどね。ま、それはどうでもいいんだけど、じいちゃんの図鑑が傑作でね。面白くなっちゃって、いつのまにかわたしのほうが詳しくなったくらい。そのときにはホセと話すことはできなくなってた。ホセは馬の言葉しか話さない。わたしが雌馬との家まで建ててあげたんだよ。それくらいはわかるのさ。昔は愛し合ってたんだから。ホセはスペイン語も英語も日本語も忘れてしまってた。馬の言葉ってのは、べつに音になってるんじゃないんだよ。息。息で伝えるの。わたしが寝ていると、その寝床に入ってきて、耳元で息を吐くんだよ。それで何となくわかるんだから、不思議なもんだね。そのときにはわたしもそれが変だと思わなくなってた。猿とも話せるようになってたからね。そりゃ勘違いかもしれないよ。わたしはよく勘違いするからね。おっちょこちょいだし。ホセの家が代々続く種の保存族だと知ったのは、図鑑に書いてある彼ら独自の言語を覚えてから。わたしは彼らの言葉を全部覚えたんだよ。猿とも馬とも話しながら。植物と木の実を調べながら。たいしたもんだろ。森の中ではありとあらゆる薬草が育ってた。賢くなる実だって、異性に変身できる実だってあった。とにかく、その植物が、何かの効能があるかないかじゃないんだよ。まったく違う。そうじゃなくて、人間がそれを見つけていくってこと。変身するってことよ。森は人間のためにあるわけじゃないからね。森は森。人間と一緒。言葉だって、彼ら独自の言葉を持ってる。ホセは本当にどうしようもないやつだったけど、それも仕方がないことだって、そのうちにわかってきたよ。種が二万種類もあったんだ。ホセはそれをずっと山奥の洞窟の中に隠しもってた。いや、それはじいちゃんかもしれない。そこが彼らの聖地だった。だからホセは森に行ったんだ。それで馬になっちまうなんてことを自分で知っていたのかどうかはわからない。それでも、精霊がいることには気づいていたはずさ。そうでないと、わたしを一緒に連れていくかい？　どう考えてもおかしいだろ。わたしは後継者に認定されたってことなんだ。だからホセに用はなくなった。ホセはもともと馬だった。ホセは人間じゃなかった。パリの本屋で出会ったってのにね。馬とパリの街中で会うなんて、この森も洒落たことするだろ。いつのまにか、わたしは植物だけでなく、動物のことだってわかるようになった。亀だって、何も食べるものがなかったら、食べるしかないんだよ。甲羅は甲羅で使えるからね。石でこすると、鉄に似た成分がとれる。その粉末を水も飲まずに噛みつづける。それだけで、あんたの目が耳になって、口が手になったりする。とっかえることができるんだ。そして、歯茎に甲羅が染み込んだら、このほうれん草炒めを食べるの。泥だって入ってるし、小石だって混ざってる。気にせず食べて。ほら」

銀皿にほうれん草をのっけると、クレナイはテーブルの上に置いた。丸太をただ切っただけの椅子の座面には皮が張られていた。ぼくは言われるままに、ほうれん草を頬張った。じゃりじゃりと音がしたが、気にせず食べた。

「飲み込みが早い子だね」

「相模湖の近くで突っ立ってたから、車に乗せた」

シミは手で虫を払いながら言った。

「変なやつの車に乗せられちゃったね」

クレナイは気味の悪い笑い声をあげながら白ワインを持ってくると、グラスに注いだ。

「シミはいつもそうやって突然現れるからね。あのときもそうだった」

クレナイは草むらへ向かいながら言った。今度は先端がふさふさした綿毛を持ち帰ってきて、水の入った鍋の中に放りこんだ。

「一番、鬱蒼としている森の奥にわたしがいつも世話になっていた収穫場があってね。わたしはそこをエウメリオって呼んでた。図鑑に地図が描いてあってね。ホセの一族は、薬草の隠し場所を図鑑の中に暗号みたいに描き込んでた。言葉がわからないと、そこには辿りつけない。何しろ言葉だけで書いてある地図だったからね。わたしだって、はじめはただの落書きかと思ってた。そんなわけはないんだよ。無意味な文字なんてものはないし、隠されていない秘密なんかない。あるとき、見つけてきた大きな葉っぱが不思議な形をしててね。虫が食ったわけでもないのに、いくつも穴があいている。それを判読不能だった図鑑のページの上に置くと、ちょうどぴったり。おかしいなと思って、あてもない、こうでもないと何度か角度を変えたりしていると、どうもその穴から見える文字だけは判別できる。席を立って離れて見ると、葉脈が道になってるんだよ。そうやって見ると、たしかに地図になっていた。これはわたしの勘違いかもしれない。ところがさ、勘違いじゃないなんて、誰が教えてくれるんだい？　ホセは、すっかり馬になっちまっていたし、そもそも人間はわたし一人だけだった。他にやることもないし、とにかく地図に従って歩いていった。そして、エウメリオと出会ったってわけ。エウメリオに足を一歩踏み入れるとすぐにわかった。生えている植物が他の場所とまるで違うからね。一目瞭然だった。それがエウメリオさ。一族の言葉によると音の谷って意味らしい。もちろんこれもわたしのあてずっぽうだけどね。でも、不思議なことにどれだけ大きな叫び声をあげたって、エウメリオに入ると、反響もせずに跡形もなく消えてしまうんだ。声が消えるんだよ」

「クレナイの声が消えるわけない」

　シミが馬鹿にした。

「何言ってんだよ、あんた。自分でもビビってたじゃないか。忘れたのかい？」

「ああ、もうすっかり忘れた。そこにいたことすら覚えていない。あれはおれの妄想なんだろ。クレナイ、お前はそう言ってたよ」

　シミの煙草の灰は落ちそうになっていた。

「過ぎ去ったことが人間には栄養になるっていうのに、シミはおかしなもんだね。いつも全部どっかにいっちゃってる。まあ、いいけどね」

クレナイは呆れた声を出した。

「大きな木があってね。地面から二メートルくらいのところに穴があいてた。鳥の巣にしちゃでかすぎるし、熊みたいな獣の毛も見当たらない。天然の穴でもない。穴の縁には貝殻や大理石がきれいに貼られててね。オマンコみたいにも見えたよ。わたしに女の趣味はないんだけど、それにしてもきれいでね。すぐにここを自分の家にしようって決めた。ホセの家はそのまま倉庫にしといてね。ホセの新しい嫁は子どもを産んでた。それがどんなかたちの子供かは言いたくもないけどね。たしかに馬でも人間でもなかった。空を飛びそうでもない。落ち葉に這いつくばってね。穴の中に入ってきた。結局、そいつの世話もわたしがすることになったわけよ。それでもわたしは自分の城を手に入れてご機嫌だった。森の世話なら何でもするって覚悟を決めたからね。そんなときに無精髭を生やしたシミがやってきた。一人じゃ怖かったんだろうね。現地人を雇ってた。隣村の住民だった。わたしはまわりから奇人扱いされてたからね。わたしと目が合うと、村人は幽霊でも見たような顔をして逃げていきやがった。シミは目がうつろで、探し物があるとか何とか言ってた。変な薬草でもほしかったんでしょう。枝に縛りつけてたハンモックに勝手に寝転んでね。三日間ずっと寝てた。ようやく起き上がったシミはわたしに紙きれを渡した。それがこの目黒の物件の間取りでね。もう意味がわからないでしょ？　日本に帰ったって、仕事もないし、やることもない。ようやくここで森と一緒に暮らす快適な場所を手に入れたってのに。帰る気にはなれなくて、そのまま半年くらい森にいたわ。シミもずっといた。シミはわたしの研究にやたらと興味を示してね。自分でも食べられる野草なんかを勝手に調べるようになった。記憶力が悪いのか、自ら進んでそうやってたのか知らないけど、食べちゃいけないものばかり手を出してね。泡を吹いて、数日間横になったまま、なんて日も多かった。日本でもメキシコでも変わらないのよ。そういう点ではたいした男よ、シミは。何かを得ようとか、何かを知ろうとか、そういう欲望がゼロね。何もかもどうでもいいのよ。覚悟すらない」

ふと気づくと、シミは庭の奥を歩いている。

「シミは食べないのかい？」

「ああ、おれはいいや。マリオ、全部食べていいよ」

「どこ行くの？」

ぼくが聞くと、クレナイは迷惑そうにぼくに向かって小言をいった。

「わたしの庭に勝手に入ってきては、一人で何かしてるんだよ。止めたって無駄だし、ホセの件もあるからね。わたしは人の好きにさせてるのさ」

ぼくはほうれん草を口に含むと、椅子から立ち上がり、シミのあとを追った。クレナイの庭だ。この草むらだって、ただの雑草ではないのだろう。クレナイはただの魔女にしか見えなかった。どうやって生活をしているのか。そんなことを言ったら、シミのまわりの人間たちはみんなそうだった。どうやって金を稼いでいるのか、誰一人として見当がつかなかった。不健康そうな人間もたくさんいたが、それなりの生活を送っているように見えた。一方、ぼくは自分の生活がどうなっていくのか、まったく先が見えない状態だった。夜の庭も先が見えなかった。それなのにシミは迷うことなく歩いていた。シミには目的地がなかった。どこでもよかった。足はいつもどこかへ辿りつく。不思議なことではなかったが、それはシミにとって不思議ではないだけで、ぼくにとっては十分不思議なことだった。しかし、今日のぼくにはどうでもいいことのように思えた。この庭がどこまで続いているのか。聞くことのほうが野暮に思えた。蚊が飛んでいる。見慣れた蚊だった。足元の草はどれも違うかたちをしていた。樹皮の模様は動いているように見えた。からだはびっしょりと濡れている。周辺の植物に気をとられていたぼくは、シミを見失った。クレナイの家からはずいぶん離れてしまっていた。遠くに裸電球のあかりが見える。ヒルでもくっついたかと焦って手で足首を触ると、ただの濡れ落ち葉だった。

「こっちだ」

声が聞こえてくるほうへ首を向けると、茂みにしゃがみこんだシミの姿が見えた。

シンマチくんの葬式

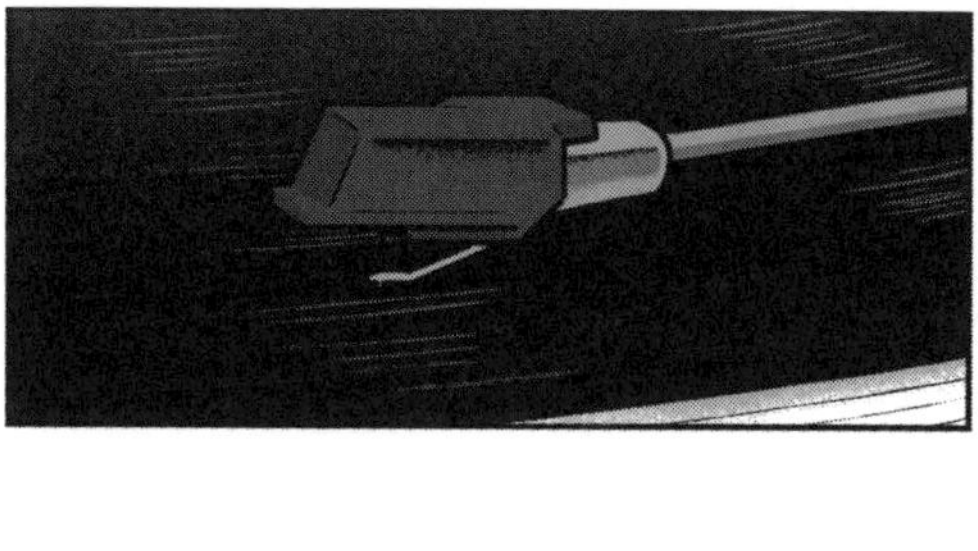

風景は分裂し、次々と通過していった。ぼくは絨毯の上で座っていた。浮いていたわけじゃない。八王子のままだった。それなのに、目の前には川が流れていて、水上集落が立ち並んでいた。どこかへ向かっているのかもしれない。だが、そんな期待はすぐに消えてしまった。そもそも期待していたのかすら忘れていた。そんなとき、シミはすぐに笑い声を出す。一つの合図みたいなものだ。ぼくは目をさました。もともと目はあいていたのに、ぼくははっきりと目をさました。仲間もまた絨毯の上にいた。もちろんここは森の中ではなかった。十畳くらいの居間だったが、知らない人間が言葉を交わしながら通り過ぎていく。ホテルのロビーのような雰囲気だった。シミはソファに座ったまま、スペイン語の新聞を読んでいる。ぼくは座ったまま、天井を呆然と眺めた。音楽が聞こえてきた。

「いまからいろんな音楽をかけてみるから、感じたらそのつど教えて。ピスカピスカ」

コウはそう言うと、ターンテーブルにレコードを乗せた。部屋は暑かったが、エンジ色のニット帽を被って、首にはアイヌの口琴をぶらさげている。盆でもないのに、壁沿いには造花が飾られてあって、喪服を着た人たちが神妙な顔で正座していた。重い空気の中だろうが気にすることのないコウは、手巻き煙草に火をつけた。コウは真面目ぶるのが得意な男だった。どれだけ葉っぱを吸っていても、ちゃんと仕事ができた。コウの黒いジムニーが側道に停めてあったので、ぼくは自然とそこへ向かった。ヨギンはすでに草刈りの仕事に出ていた。きっと裸足のままだ。静かにシンバルが鳴っている。

コウはよく伊豆の別荘を借りて、宴を開催した。金持ちのボンボンなのかもしれないが、いつもくたびれたフリースを着ていた。二子新地のアパートに住んでいたコウの家に行くと、ぼくたちはたいてい一〇八号室のドアをノックした。そこにはシンマチくんというコウの大学の先輩が住んでいた。並びの部屋三室を借り切っていて、壁は大家に黙って取り払っていた。シンマチくんは情報屋と呼ばれていて、家の中には生活感のあるものは何一つなかった。シンマチくんが食べているところを見たことがない。ぼくはコウの家に行かずにシンマチくんの部屋に直接行くようになった。シンマチくんはレコードと本をやたらと集めていて、まるで図書館のようだった。シンマチくんの家にはぼくだけでなく、いろんな人が遊びにきた。シンマチくんがいないときでも鍵はかかっておらず、誰でも入ることができた。ジャクソン・ポロックが精神分析しているときに描いた珍しい画集や、ブライオン・ガイシンの作品集なんかもあって、つまり、そのへんの図書館にはない本がここには何気なく置いてあった。貧乏だったシンマチくんがどうやってそれらの本や音源を収集したのか、いまとなってはもう知ることができない。

シンマチくんは宅配の仕事をしていた。ある日、「祭りをはじめることになった」とドアに書き置きをしたまま、コインパーキングに借りてきた軽トラックを停めて、その荷台に高さ五メートルくらいのテントをつくり、踊りはじめた。黒マジックでからだじゅうに刺青を描いていた。どこかから根っこごと大きな植物を抜いてきたらしく、極彩色の鳥までとまっていたというから、彼なりの森を表現したんだろう。数日後、シンマチくんはあっけなく死んだ。シンマチくんの死はぼくには衝撃だったが、コウは「笑顔だったんだよ。それが」と言うだけで、シモンやヨギンなんかも全然平気そうな顔をしていた。シンマチくんに嫁さんと子供がいたことは驚きだったが、シンマチくんの葬式ほどには驚かなかった。葬式の前日、群馬にあるシンマチくんの実家へみんなで向かった。ワゴン車二台で向かった。シミは一人でポルシェで向かうと言ったが、結局、姿を現さなかった。そのときもコウは、持ってきたターンテーブルにレコードを乗せた。シンマチくんの両親はうなだれて泣いていたが、仲間たちの黒い服は、パーティーのドレスコードにしか見えなかった。二間つなげたシンマチくんの葬式会場はただのダンスホールと化した。ぼくは踊ることを躊躇したが、クレナイは尻を大きく振り、ヨギンはいつもの仮面をかぶると庭の松の木の上で雄叫びをあげている。こうやって書くと、何ともひどい葬式としか思えないかもしれないが、親戚の人たちも途中からはぷっつりと何かが弾けてしまったようで、一緒に踊りだした。クレナイの目からは涙粒が落ちていた。コウは黙ってうつむいたまま、冷静にレコードをつないでいる。伊豆の別荘での宴並みに大音量で、町の祭りかと勘違いした子供たちまでやってきた。シンマチくんの遺作であある森のような軽トラックは、レンタル期間を延長させて、実家の庭に停めておくことにした。

朝まで踊り明かしたあと、両親は深々とぼくたちに頭を下げた。窓を全開にした縁側でベースを肩にかけたタカが、ジャコパストリアスの「ブラックバード」を弾いている。それに乗っかるように鍵盤の音まで入ってきた。ぼくは手をあげた。頭の中に入ってきた音楽が、血管や筋肉繊維のチューブスライダーをくぐり抜けて、指先を動かした。ぼくは実験室のマウスだった。

「ピスカピスカ」

コウはうなずきながら次のレコードを探している。赤い糸で刺繍が施された枕は、北欧の民芸品かと思っていたが、よく見ると電子回路だった。ベースの音がずっと腹の下で響いている。タカは薄汚れた紫の袈裟《けさ》を着ていたが、バークリー音楽大学卒業のれっきとした音楽家だった。かといって、音楽家として大成しようとしているわけでもなく、流しのそば打ち職人になったり、コーランの暗唱をしたり、童顔のくせしてプロのナンパ師だった。タカは町を歩いている女の子に「かわいい」とよく声をかけた。普通であればただ無視されて終わりのはずだが、タカの声は歌にしか聞こえず、女の子はみなこちらを振り向いた。タカのダンスに誘われて、ついそのままデートに行ってしまう女の子も少なくなかった。タカはそれで、よくおにぎり屋に女の子を連れていった。そのおにぎり屋は木型にご飯を詰めてつくるのだが、店は汚く、江戸時代からやっているという噂もあった。ぼくとタカはよくそこで待ち合わせをした。谷保《やほ》駅のすぐ近くにあった。タカは何でも自分でやってみないと落ち着かない男で、服をつくるどころか、しまいには糸を紡ぐようになった。アルジェリアによく行っていた。

タカはぼくのことをなぜか気に入ってくれて、よくタジンをご馳走してくれた。サフランもよく分けてくれた。なぜなのかわからない。ぼくの耳がなぜコウに信用されていたのかもわからない。ただ、ぼくはコウがかけるレコードの音に重ねて、自作の歌をよくうたっていた。歌詞なんかあってないようなものだ。レコードで誰かが歌っていようが関係ない。ぼくはぼくの歌をうたった。歌うといつも草が揺れた。石が転がっている河川敷だ。多摩川の河川敷へ行くようになったのはぼくの提案だった。ニーチの家に行ったのはおそらくそのあとだったはずだ。詳しくはもう覚えていない。しかし、これは記憶ですらない。ぼくは知らないことを経験している。いま見えている景色がどこなのか考えることなく、ぼくはただ心のおもむくままに手をあげた。タカはまだベースを弾いていた。朝日が昇り、山が明るくなった。車がときどき通り過ぎていった。宴はまだ終わっていない。結婚式も葬式もあまり変わらなかった。誰かが泣いた。頭の中にあるはずの記憶が目の前に現れることもあった。メモ帳に書きなぐっていたことが、知らぬうちに育っていたのかもしれない。タカのところに鼻髭を生やした老夫がやってくると、反対側からは金髪の女の子がやってきた。きっと北欧の女の子だ。

「かわいい」

タカがまた声をかけた。ドレスアップした女の子は赤いビロードの椅子に座ると、歌をうたいはじめた。日曜日の歌だった。鼻髭の男はホルンを吹いた。直接音が出ているのか、コウのレコードの音なのかわからない。口元の動きと音がずれていた。それなのに、ホルンの音はどこまでも遠くへ飛んでいった。山の中でこだましている。ぼくの頭の上でも何度か回転した。ぼくは手をあげた。その頃、ぼくはよく変な夢を見た。夢なのか幻覚なのかわからない。とくに何かを摂取していたわけでもないし、ぼくの頭は何の異常もないはずだった。少しばかり物忘れがひどく、言われたことをきちんとこなすことは困難だったが、何とか毎日、生活を送ることはできていた。ただ、何をしていくのかはわからないままだった。適当に働いてはみるのだが、どれもすぐに関心を失ってしまい、結局はやめてしまう。そうなると、もうだめだった。仕事場へ向かわないといけないはずなのに、ふらふらと全然違う方向へと歩いていってしまう。そうかと思っていると、突然頭が勝手に動き出したりする。いつも理解不能だった。かといって、それで混乱しているというわけでもなかった。まるで風景のようだった。風景はぼくを苦しめるわけでもなければ、崇高な意味を与えてもくれない。ときどき電柱の後ろに何かが垣間見えた。そうなると、もう一日が決まってしまう。終わってしまう。知らないうちにぼくは電柱のまわりをぐるぐると回りだし、そこにある風景をどうにか残したいと思いはじめる。写真に撮ることもできない。メモ帳に書き残す暇もないほどのスピードで、それは過ぎ去ってしまう。だから、見るしかないのだ。ぼくはただ冒険をするように、見る。あとは自動的にぼくのまわりを風景が通り過ぎていく。どれくらい経ったのだろうか。時計で計ることもできない。はじまった時間がわからない。朝か、昼か、夜なのか。気づいたときにはもうすっかり忘れてしまっている。そんなことが起きるようになったのは、シミと出会ってからだ。

ぼくは毎度、家に帰ってきては、見てきた風景を必死に書き残そうとした。ところがいつまでたっても、うまくいかない。落ち着かなくなったぼくは、少しずつ模型のようなものをつくることにした。建築家になりたかったからかもしれない。しかし、べつに誰かのために家を設計したいわけでも、頭の中にあるその風景をかたちにしたいわけでもなかった。いったいそれが何なのか、ぼくはずっと考えている。仲間たちは相変わらずぐるぐると走り回っていた。シミが描いた絵にピンときたのは、そのときだった。電柱をぐるぐると回った先に、シミの家のドアがあり、それはクレナイの庭ともつながっていたし、タカの家のポットン便所の奥に見える暗闇は目と鼻の先にあった。見たことがあろうがなかろうが、既視感なんて言葉じゃ表現できないくらい、似たような別物であふれていた。

足は水の中

水が流れている。流れていた。ここはどこなのか。タカといると、ぼくはいつも知らないところを歩くことになる。黒い鶏が放し飼いされ、夏なのにひんやりとする。タカは持っていたポットに水を汲んだ。しずくが一気に飛び散った。水滴はそのままの大きさでこちらに向かってきた。犬が吠えている。黒い車だった。タカにはどんなふうに見えているのだろうか。まったく違う場所にいるのではないか。普段はそう思わない。それが当然だと思っている。たとえそう考えたとしても、それ以上考えつづけることはしない。ところがタカといるとき、ぼくはついそんなことをずっと考えてしまうのだ。考えたところで答えは出ないが、答えを出すことの意味がわからない。

谷保天満宮には梅が咲いていた。夏なのに。写真だったのかもしれない。写真を見るといつも思い出す。梅の下に女の子がいた。女の子の顔はいつも違っていて、知らない子のときもあった。「あなた、かわいいね」とタカは車の窓から声をかけた。後部座席には黒い幕がかかっていた。遊牧民が砂漠や岩場でキャンプをするためのものだ。タカはよくそういう集団の中に入りこんでは、彼らの歌を採集していた。

「いつも流れている音楽があるからね。それは新宿でも一緒。石ころ蹴っても、街角のスピーカーからも歌が聞こえてくる。捕まえようとしたって無駄だからね。こちらが、雷みたいになるしかないんだよ。雷になったら、ペットボトルの水だって、すぐに捕まえることができる。録音機なんかいらないんだよ」

タカの言うことをわかる必要はなかった。ただ聞き流せばよかった。女の子と一緒にいるときだって、タカは少しも話し方を変えなかった。鶏がこちらに飛んできた。水滴の次は鶏。谷保は東京だったが、タカといるとドブ川だって森の奥の湧き水に見えた。都会のど真ん中だろうが、タカは水場をちゃんと知っていた。岸辺にはレモングラスが生えていた。ミントやホーリーバジルだってあった。ぼくはタカに見えている世界を地図にしたり、採集した植物や昆虫を標本にしては家の壁に飾った。タカはいつも何かを持っていて、それを布でくるくると巻いていた。その巻きつく感じが、ぼくにはないものだった。でも、どこかで見たことがあった。それほど遠くない。目を細めると、岩の近くにぼんやりと人影が見える。それはまさにぼくだった。いまではすっかり忘れてしまったぼくが、そこに立っていた。タカのまわりにあるものはいつもそんなふうに見えた。もちろん、ぼくは三線を持っていないし、薬草に詳しいわけでもない。布はいつも紺色だった。紺地のせいなのか、彼が好きだったお香がそう感じさせたのか。タカの手にかかれば水すらそう思えたのだから、タカはぼくにとって一つの機械といってもよかった。タカは単なる記憶装置ではなかった。存在しないはずなのに、昔からずっとそこにあったと思いこんでしまう。幻覚ですらなかった。タカにはドラッグもいらなかった。関心がなかったというよりも、彼自体が水に溶けていたし、ときどきは水そのものに見えた。

橋から川に飛び降りたような音が聞こえた。ドブ川の水は溶けたエナメルみたいにしぶきをあげている。長いつばの帽子を深くかぶった女の子が立っていた。鶏が鳴いた。落ちた花びらは干からびていた。暑い日だった。ぼくは汗をかいていた。それなのに、タカは風鈴みたいに涼しげだった。タカの部屋には冷房機がなかった。年代物の扇風機が一つ、音を立てて首を回していた。こういう音楽が聞きたかった、というあの感じは、なかなか言葉にすることができない。知らなかった音楽なのに、ずっと待っていたような気がする。耳のすぐ裏にいたのに、気づいていなかっただけなのかもしれない。そんな音楽の感覚を、タカは日々の生活の中でさらりとぼくに伝えてくる。伝えているつもりはないのだろう。そういう人間には出会ったことがなかった。

シミのポルシェに乗ってからというもの、ぼくのまわりではこんなことばかり起きていた。しかし、小学校の同級生たちのことを思い返すと、むしろ、これこそ自然の姿なのではないかとぼくは感じた。つまり、人間はもともとそれぞれに個性があるのではなく、ある一定の人間が集まると、集団に合わせて変容する。集団は一つの塊みたいなもので、一人ひとりが問題なのではない。ぼくの目から見たタカとシミはもちろんまったくの別物だが、頭の中のぼくが集団の気配を察知すると、その一つの変形として現実に姿を現す。よくわからないけど、いま、そんなことをふと考えた。思った途端にぼくは口にする。タカはそれに対して、決して口を挟まない。議論をしない。それがタカだ。

足は水の中にあった。タカは火をおこした。ただのガスバーナーだ。それでもその火が向こうの田んぼと合わさって、ぼくは少しびっくりした。ライターの火とは明らかに違っていた。ポットはペパーミント色のホーローで、底のところは割れていた。お湯はすぐに沸いた。女の子も裸足になって、水の中に足を入れた。かわいい子だった。タカは気づくと銀行に入っていった。入口に置いてある等身大の女優の顔を見て、「この人、誰？　かわいい」と言った。タカはまるで昆虫採集に夢中になっている少年のようだった。タカと歩くと、駅名すらいつも違って見えた。ジムニーに乗るときも同じ道を走らないので、いつもぼくだけ迷子になった。シミといるときは町が歪むのだが、タカの場合は、ただの見知らぬ町に見えた。どうしてそう感じるのかをタカに伝えたかった。そうだ、ぼくはこれをしたかったのだ。このとき、ぼくは自分がやりたいことを感じた。ぼくは自分が感じていることを、ありのまま人に伝えたかったのだ。できるだけ詳細に、できるだけわかりやすく、かつ、できるだけ分裂を保ったまま、その感情や状況や過去の時間を参照しながら、自分のいまの状態そのものを、一緒に時間を過ごしているタカに向けて言葉で伝えたくなった。うまくいくのかわからないが、ちょっとやってみようと思った。だが、タカはまるで聞く気がない。仕方なく、ぼくはそのままにしておいた。水が流れていた。

　タカの家は柔道の師範代が暮らしていた小屋だった。楠の木が生い茂っているところにぽっかりと穴があいていて、上から見ると車が置いてある。タカは夕方から仕事だと言った。タカの仕事は行商だった。国立駅前でモロッコのサンダルなんかを売っていた。誰が買うのかと思っていたが、これが意外にも売れていた。タカは口がうまかった。日本人がイラン人の真似をしても、うまくいくはずがない。ドバイで、ぼくはイラン人たちにやたらとナッツ類を売り込まれていた。タカの家は六畳の和室の部屋で、台所が横についており、勝手口の小さな扉を開けると、その奥には五十畳くらいの柔道場があった。そこでは師範代の弟子が柔道の指導をやっていたが、タカは高尾山の仙人から古武術を習っていた。忍者が気になっているらしく、本で調べても限界があるようで、鹿児島などに調査旅行にいっては老人たちの聞き取りを行っていた。鹿児島には猿と呼ばれる忍者たちがおり、いまでもツチハンミョウの毒を使って、何やら怪しい薬をつくって販売しているという。その販売元に電話したのがきっかけで鹿児島に行くようになったらしい。鹿児島の中心部近くにある温泉を経営している老人が猿の門番だった。お金がない人はそのまま裏口に回れば無料で入れた。ぼくがはじめてタカの家に行ったときは、最後まで猿の話で持ちきりだった。トイレに行きたいのに、なかなか行かせてくれない。ようやくトイレに行くと、床に小さなコーランが立てかけてあった。ポットン便所には縄が垂らしてあった。中国のモン族が住む山あいの集落を訪れたときと同じような便所だった。昔は山が一つのコンピューターの役割を果たしていたとタカは言った。

「コンピューターって、どこがはじまりで終わりなのかわからないってことだから、山がその役目を持っていて、そこに人間が入り込むとどうなる？　どこにも行くあてがなくても迷子になるんじゃなくて、ただ見たことがないものを見つづけるってことになる。で、みんな結局は姿を消してしまうんだよ」

コーランの一節なのかもしれない。ぼくが混乱していると、ハッサンがやってきた。

「シミは？」

ハッサンはぼくに聞いた。ぼくは知らない。ぼくはシミのことを知らない。なぜかシミはいつも忙しかった。ぼくはまだよくわかっていない。タカもハッサンもよく考えてみると、シミとたいして仲がよいというわけではなかった。ぼくたちはたまたま出会っただけだった。ぼくたちはたまたま同じ頃に出会った。しかし、なぜかぼくの目には強い共同体のように見えていたから不思議なものだ。ハッサンとは一度、サンフランシスコで出会っていた。ホテルの受付でしゃがんで歩いていたハッサンは、拾ってきたものをよくぼくに売りつけてきた。韓国人のサムはもうすぐ徴兵されると言った。毎晩、路上演奏家の音楽を一緒に聴きにいった。演奏家はサックスを吹きながら、シンセサイザーまで演奏する器用な黒人で、その横でベースを弾いていたのが、タカだったらしい。にわかには信じがたい。

タカはボーリングにいった帰りだと言った。ポットン便所の奥に行ってみたことある？　とタカが言った。そんなことする必要がない。ぼくがそう答えると、そういう仕事もあるんだとタカがまた言った。何でもある。どんな仕事もしてきたよ。でも、お金に困っていたわけじゃない。言われた仕事を言われるまま粛々とこなす。それが忍者だとタカが言った。タカは何でもできた。どうしてそんなに自信が持てるのか不思議だった。ぼくが感じていることがあって、それを一緒にいる人たちが感じていなかったとしたら、彼らにはいったいどんなふうに見えているのか。それが気になってしまうと、便所の下から覗きこむ自分の姿まで現れた。

「マリオ、シミから電話だよ」タカが言った。

タカは仕事に出かけていった。ぼくをここに一人で置いておくのはやめてほしかった。深い森が見えた。裸電球が一つだけ灯っている。女の子ももういない。コーランは読めない。干からびたアンプからエレキギターのぎこちない音が鳴っている。焦ったぼくはすぐに尻を拭くと、表に飛び出た。もちろん誰もいなかった。

頭の中のホテル

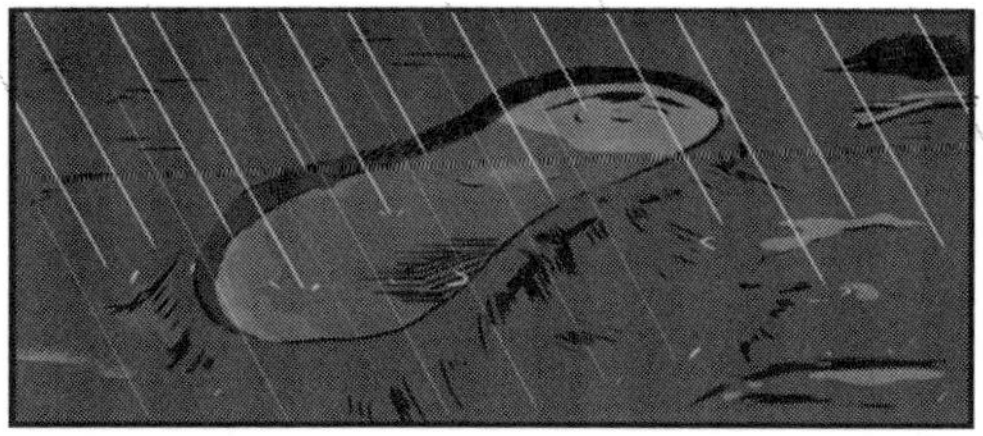

「金が入った。この前渡したメモの話だ」

電話口のシミが言った。あのメモはニーチがワイン瓶や菓子のゴミなんかと一緒に捨ててしまったはずだ。スピーカーからはまだ音楽が鳴っている。朝日が射しこんでいた。

「ホテルをつくる。すでに土地も購入してある。お前も何度か通り過ぎたことのある場所だ。クレナイの家の近く。クレナイにはその後、会ったか？」

「会ってないよ。電話はかかってきたけど」

「庭の先には行ったか？」

あのとき、シミが見せてくれたものは何だったのか。シミと一緒に歩くと、いろんな境界線が消えていく。八王子の家だってそうだ。居間と台所はぐにゃぐにゃに溶け、宙に浮いたシモンが牛乳を飲みながら楽器を弾いている。楽器は、ただれたシモンの腕にくっついていた。見知らぬ楽器からは懐かしい音色が聞こえてくる。風鈴の音。砂利道を歩く音。音がつぎつぎとぼくの横を通り過ぎていった。どれもぼくが勝手につくりあげたものだ。八王子の朝の光景とは違っていた。

「違ってもいい。それよりもペンと紙だ。これからお前に長い話をする。長いといっても、べつにおとぎ話でも何でもない。ただの場所についての話だ。何千年も前の話からはじめる。まず聞きたいことがある。ここはどこだ？」

シミはぼくに聞いた。

「シミの家だよ」

ぼくがそう言うと、シミは首を振った。

「違う。ここは車の中だ。そしてお前は車の一部だ」

「車の一部？」

「そうだ。お前はずっと前、武器を持っていた。もうすぐ見える。もっと見ろ」

「見る？」

「そこにあるものを見るんじゃなくて、手に持っているメモを見ろ。おれの描いたボールペンの先っちょのほうだ。それがホースだ」

ぼくは便所で肥溜めの奥を覗きこんでいる。

「縄は見えるよ。ずっと下まで続いてる」

「ホースがないなら、縄でもいい。用心しながら降りろ」

ぼくは聞かないふりをした。

「そうやっても無駄だ。少しずつやれ。一気にやると、変に固まる。そうなると終わりだ。柔らかいまま下を見ろ」

便所の底は汚物でまみれていたが、奥に通路が見えた。シミはうなずいている。声でそれがわかった。電話口のシミはまるでぼくの姿を見ているようだった。もちろん、ここには監視カメラなんてないし、シミはどこにもいなかった。それなのにどこかの器官だけはつながっている気がしたのだ。手でも足でも鼻でも目でもない器官。考えようとするとまたシミの声が聞こえてきた。

「思い出すな。何の意味もない。記憶なんかお前が勝手につくり出したものだ。機能させると出てくるだけだ。ただの映像にすぎない。テレビのコマーシャルと一緒だ。それでお前の心が動いてどうする。そこから離れることをおれは推奨する。離れろ」

言われるままに、ぼくは便所から離れた。しかし、通路のことが頭から離れない。

「この先、どうすればいいの?」

ぼくはつい聞いてしまった。

「質問する前にやることがあるだろ。まずは自分の居場所を放棄しろ。そうしないと次が見えてこない。見たいんだろ。見たいんだったら、おれの言うことを聞くことだ」

「何やってるの?」

仕事から帰ってきたタカが後ろから肩を叩いた。

何でもない、とぼくは嘘を言った。雨が降ってきた。スコールみたいな雨だ。ぬかるみになった庭の靴跡が、太い幹のように盛り上がっている。ここは昔、海中だったらしいよとタカが言った。タカは近所で拾った貝殻を窓際に並べていた。

「目の前の光景をちゃんと見ておくことだ。いずれずっと先まで見とおせるときがくる。人間は可能性を見つけることしかできない。金が入ったのは事実だが、べつに金があろうがなかろうが関係ない。金が入ったと言ったのは、お前がそう言わせただけで、おれの言葉じゃない。おれはいまから、一つ一つの部屋について話をする。図面でわかるような建物だったら、迷わずにゼネコンに電話してる。ゼネコンだったら時間さえ過ぎれば完成する。ところが、おれの頭の中にあるホテルは違う。もちろんこれはただの暇つぶしだ。さっきから電話の声が遠いのも、それと関係している」

シミはそう言うと、黙りこんだ。電話口からは波の音が聞こえてきた。波だけじゃない。犬も吠えているし、汽笛も鳴っていた。雨がまだ降っていた。庭には三人の子供がいて、上半身裸のまま、白い歯をむき出しにして笑っている。彼らは走り出すと、水たまりに向かっていっせいに飛びこんだ。一人の坊さんがいた。ぼくは廊下にいる。そこからは森が見えた。ビルも。むき出しのコンクリート柱は少し崩れかかっていた。適当に積み上げられた、でこぼこのレンガ壁にとまった鳥がこちらを見ていた。子どもたちはまだ走り回っている。もう夜だというのに、どこからやってきたのだろうか。坊さんが近づいてきた。タカと似たような袈裟を着ていた。

逆さに回転する花火

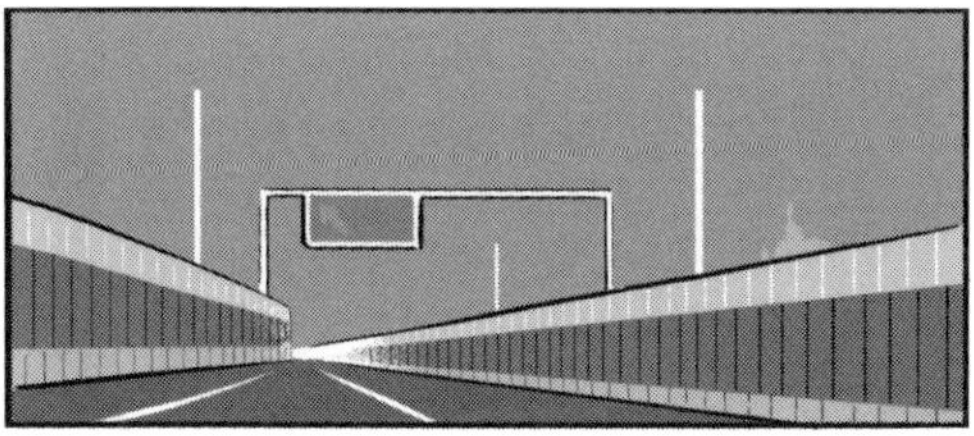

「ちょっとマッテちょっとマッテ」

ぼくは大きな額縁を持ったまま、そっと歩いていたが、見知らぬ金髪の外国人に呼び止められた。アッチ、アッチと男はぼくに指示してきた。コウとシモンの車に乗り込んだのは朝だった。いまはもう夜だ。しかし、夜といっても、夜だと感じてしまうようにコントロールされていた。ぼくは夜の町の中にいた。舞浜のインターチェンジで高速を下りた車は、そのままディズニーランドへと向かった。ディズニーランドがみんなの仕事場だった。ディズニー・カンパニーによる壮大な新アトラクションの構想は、日増しに肥大化し、最終的にはアトラクションを超越し、一つの町、いやディズニーランドを覆いつくすほどの一つの自然であるべきだという結論に達した。会議は難航したが、この金髪男性の声がきっかけになったといっても過言ではない、とコウはディズニー・カンパニーの一員のような顔で言った。

もともとこの仕事を見つけてきたのはシモンだった。ぼくが大学で建築を専攻していることを知ったコウは、面白いバイトがあるからと誘ってきた。美大出身のコウは新アトラクション建設バイト雇用の元締めだった。シモンはただ楽器を弾くばかりでほとんど仕事をしていない。コウはどんなに酩酊していても、事務仕事をこなすことができた。

コウの実務的な仕事は主に映像で、何もない平面の白い壁に頑丈な扉をつくるだけでなく、実際に扉を開け、中に入ることができる技術まで持っていた。彼の技術は社員の九割がアメリカ人であるディズニー・カンパニー日本支社に認められ、おかげで人の指示を一切聞き入れることができないヨギンですら、新アトラクションの植え込みのチーフになっていた。金を稼ぐためには仕事をするしかないし、仲間たちから精神分裂病だと思われていたが、その分裂ですら仕事に生かすしか道はないとコウは考えていたし、実際にそれが実現できていた。一方、シモンは話すことすら困難な状態だった。

金髪男に言われるままに歩いていくと草原に着いた。だだっ広い草原でヨギンが儀式のようなものをやっている。仮面はつけたままだった。それが仕事なのかどうかぼくにはわからなかった。草原はただ自然とそこにあるように見えた。しかし、草の一本一本は明らかにつくり物で、番号が割り振ってあった。草原はどこまでも広がっていた。小屋が点々と建っている。どれも違うかたちをしていた。テントも普通に並んでいたので、ただのキャンプ場のようでもあった。コウはぼくを見つけると声をかけてきて、小屋の一つを提供してくれた。寝泊りすることも可能だという。コウは地面に地図を描きながら話しはじめた。

「上から見てごらん、ピスカピスカ。ここにぼくがいる。そして、これがマリオ。シモンはここ。ヨギンには定位置がなくて、呼ばれたところへ行くことになってる。ニーチは週に二日、売店で働いてる。売店もぼくがつくった。ぼくはここで働くみんなのために、自治区をつくったんだ。そうでもしないとディズニー・カンパニーに全部吸い取られちゃうからね。彼らの言いなりになってしまったら、夢が夢で終わってしまう。カンパニーのやつらは夢のままでいろとしきりに言ってくる。でも、ここは現実だ。夢のままじゃまずい。現実との接点が必要なんだ。だから売店をつくった。なんで売店なんだって話はあんまり聞かないで。要はシンデレラだって、ここに買いにくるようになったってわけ。ミッキーマウスの場合は、おれも詳しくは言えない。秘密ってわけじゃないけど、祟《たた》りみたいなものを感じるんだよね。これは仏教的なもの。カンパニーとの約束でも何でもない。ま、誰もやつらと話をしようなんていうやつはいない。ぼくはネズミ駆除もお願いしたくらいだ。ディズニーランドの中にはネズミの集団がいて、こいつらがまた手強い。自分たちで名前をつけているんじゃないかってくらいの結束力なの。自治区をつくったぼくらは、この夢の中を逐一調査した。もともと、ぼくは国土地理院でバイトしていたからね。地図づくりはお安い御用。ディズニーランドは彼らの領土なわけでぼくらには手を出せない。ところがここだけは夢の魔力が少し落ちてる。そりゃそうだ。夢には足場なんかないし、配管なんかないし、トイレはどっかに隠れている。ここは工事中だからそんなこと言ってられない。ここは夢と現実の通気口みたいなもの。開園時間内はシャッターが閉まってて外からは見えなくなっているけど、開場前に一度だけ、全面的に門が開く。といっても、公式に開くわけじゃない。穴を見つけたわけじゃない。この夢には穴なんかない。自分自身が穴になるしかない。ここで働くには自分が変容するしかない。ここには夢が詰まっている。そりゃそうだ。ところが、野生のネズミだっている。ぬいぐるみのネズミの天敵だ。ぼくはまずこのネズミと話をするところからはじめた。ここには森に見せかけた茂みが無数にあり、そこには自然への抜け道が無数にあった。野生のネズミはそれを知っていた。人間がつくった玄関なんかには絶対に近寄らない。ノックしたら終わりだってことをよくわかってる。ぼくらはネズミのけもの道をもとに地図をつくった。楽しまないとね。どうにかしてでも抜け出られそうな場所へ。そういうことを考えると、気が楽にならない？　壁を壊して逃げ出すのは好きじゃない。この状態のままでいい。上から見ればいいんだ。何度だっていいから見つづける。そして、道じゃなく通気口を見つける。門じゃなくネズミと話す。動物はいなくなっている。しかし、自分が動物になることもできるし、偉大な建築家になることだってできる。建物をつくる必要すらないし、どでかい構造体が必要なわけでもない。ぐにゃぐにゃでいい。軟体動物みたいなからだでいいんだ。ぼくらはとにかくあらゆるところを掘ってみた。モグラだって出てきた。そうやってこの草原を見つけたってわけさ。ここがもともと何だったかなんてどうでもいいことで、カンパニーのやつらが買い取った場所ではなかったことだけはたしかだ。海も近いしね。サーフィンをするためだけにここで働いているやつもいる。そんなわけで、毎度毎度、開く門の向こうにぼくらは何かをつくろうとした。小屋はシミが持ってきた。ここには時間の感覚はないし、むしろ、そうやって心の中で感じる時間のほうが信用できるってもんだ。この地図が頭に入っていれば、とりあえず安心だと思う。ここがぼくの家で、こっちがシモンのテントだ。仕事場はここ。そして、ここが同時建設中の新しいホテルだ。ま、今日は初日だから、ミッキーのモナリザを壁に貼る仕事でもしてみよう。ネズミは誰にでもなる。誰にでも変化する。変態するんだ。ここにヒントがある。ぼくはずっと苦しめられていたその対象から自由になるために、ネズミに向かっていくことにしたんだよ。人間なのか、人間じゃないのか。気になったんだ。結論は、人間ではなかった。彼はあまりにもいろんなものに変形しつづけて、鶏でなくなってしまった工業製品の鳥みたいに、どこかへ行ったんだ。でも、それが悪いことなのかどうかぼくにはわからない。その鳥はそうやって、どこかへ逃げようとしたのかもしれないし、ぼくはぼくで、草原に自治区をつくったんだから。ここは夢の中であることを全員が自覚した上で労働している。まあ、夢っては労働みたいなもんだからね。印刷機みたいにどんどん刷り上がっていく。ぼくが止めても無駄なんだ。何ていうか、止まらないんじゃない。止めることができないんじゃない。もっと、ただ湧き出るみたいに、ただただつくりつづける。そんな場所なんだよ。それに気づくと、もう離れられなくなってしまう。だから、この自治区は休息の場所なんだ。シミはここをジャングルか何かだと勘違いして、よくセスナ機に乗っては上から眺めていた」

　さっきのアメリカ人の男が近づいてきた。とりあえず話はこれくらいにしておこう、とコウはぼくの耳元で言うと、無線の電源をオンにして英語で連絡を取った。そして、シモンと一緒にトンネルの中へ入っていった。さっきから草が風も吹かないのに、静かに揺れている。電動で動いているんだろう。草は何を感知しようとしているのだろうか。ジッパーの音が響いた。窓に映り込んだ雲が本物か偽物かわからなくなっている。男はぼくを洞窟のほうへと連れていった。男は洞窟の断面図を手にしていた。水底の様子も描かれている。酸素ボンベを背負っていて、重すぎるのか大量の汗をかいている。汗すらつくり物に見えた。シミから電話がかかってきた。電話に出ると、考えすぎだ、とシミは言った。ぼくが電話をしていても、アメリカ人は怒ることなく、洞窟の中に入っていく。洞窟のリーダーはダリという天然パーマの男だった。口琴を弾きながら仕事をしている。洞窟を抜けると、森が見えてきた。ダリはアメリカ人に近づくと、ペンキがついた顔をこちらに向けた。ホンモノにするなよ、とアメリカ人は言った。

「ホンモノはだめだ。ホンモノはニセモノだ、ニセモノ。ホンモノに近づけるな。ホンモノからハナれろ。ホンモノキンシ！　ニセモノだけがホンモノの色。それワスレルナよ」

アメリカ人はダリを叱咤《しった》した。ダリは洞窟と溶け合っていた。洞窟と同じ色のヘビメタTシャツを着て、ヤモリのように壁を這い出した。足場のおかげなのか、靴の性能がいいのか。

「こういうアプローチもいいな」

シミの声だ。時計は午前十一時半を指していた。ヨギンの雄叫びが聞こえてきた。これからはじまる、とシミは言った。

「この洞窟を抜けると、お前の職場に出る。しかし、そこはお前の職場ではないし、そもそもここでまだ働けると決まったわけじゃない。ホテルであることは間違いないが、そこはおれがつくろうとしているホテルじゃない。ネズミのホテルに泊まりたくはないだろう？　蒸気船だったらいつでも乗れる。気持ちよくなったら、蒸気船に乗るんだ。そうすればどんどん風景が通りすぎていく。三匹の虎みたいに何回もぐるぐる周回していれば、そのまま溶けて、バターみたいになるから心配するな。お前のからだはそこらへんに生えている木や草なんかと変わらなくなる。水辺のプラスティックのカバみたいになる。そこに違いはない。おれは違いのないホテルをつくろうとしている。おれだろうが、お前だろうが、誰だろうが、違いがないホテルを。四方八方に穴があいていて、そこから風だけでなく、人間まで吹き込んでくる。交差点ともまた少し違う。上や下、右や左なんてものがなくて、ただとどまることなく吹き抜けていくんだ。通りすぎたことすら気づけないのに、経験だけはしっかりと残っている。そんなホテルのロビーをつくれ」

森には大きな門があった。ぼくはコウの言葉を思い出した。

「まずは風景をつくれ、その風景を見ろ。そこに人は集まる。湧き水みたいなもんだ。門はそのままのまっすぐ突っきれ」

シミはそう言うと、電話を切った。

「ピスカピスカ。こちら、コウ。そちらマリオ？」

コウからの無線だった。

「マリオです。どーぞ」

先を行くアメリカ人は、門の右手の開閉ボタンを押しに向かった。監視カメラがぼくをとらえている。気にしなくていい、とコウは言った。ただ前に進め、と。後退することもできない。横にも行けない。どこにいく？　そのとき突風の音が聞こえてきた。驚いて振り向くと、大量のネズミが走ってきた。アメリカ人は慌てて逃げ出した。ぼくはネズミを踏まないようにただ黙って突っ立っていた。目をつむるわけにもいかず、ただ見ていた。一匹のネズミはもう一匹のネズミの中にまじり、二匹で一つの水滴みたいになって、ぼくの足の間をすりぬけていった。

「いいぞ、マリオ、そのままでどーぞ」

コウの計画どおりらしいが、いつまでたってもネズミはいなくならなかった。アメリカ人はネズミ駆除の依頼を無線で本部に伝えている。しかし、ネズミの王国でそれはできない。ミッキーはどうする？

シモンは飛び上がりながら、笛を吹いた。管弦楽団まで現れて、今日の仕事の終わりを伝える音楽がはじまった。ヨギンは草原の真ん中に建っている櫓《やぐら》に登ると、舞を披露した。みんなで蒸気船に乗った。門は閉園時間を過ぎても開いたままだった。ぼくたちは野生の動物みたいに暴れまわった。ネズミのおかげだ。森にネズミがあふれかえって、川みたいに地面の上を蛇行している。サングラス姿のコウが、無線で誰かと話しながらこちらに向かってきた。一つの大きな仕事を達成した。おかげで草原の小屋の群れは二度と立ち退きを命じられなくなった。カンパニーからの依頼で、ぼくらはネズミ駆除の仕事も獲得した。ミッキーマウスはネズミではなくなったのだ。ネズミでも人間でもなくなったとカンパニーは社員向けの掲示板で書面を通じて発表せざるをえなかった。

蒸気船の向こうに見える夕焼け雲はおれが描いた、とダリが言った。綿菓子に絵の具を塗って、壁に貼っているだけだった。それなのに、雲はふわふわで、雨を包んでいるみたいになっていた。ぼくは包まれたいと思った。包まれたいと思う女の子とはたくさん会ったのだが、みんなシミを通過しているように見えた。夜になると、ぼくたちは売店〈光線〉で飲むことにした。シミは本を読んでいる。

「生まれる前の言語、まだ知らなかった言語。言葉が気づいていなかった、石器の頃の雄叫び、くしゃみ、素っ頓狂な声。驚かし、真っ青な空を見たときの、アー。洞窟の中で、誰も見えない、命令することもできない、真っ黒な世界に溶け切ったからだどうしの喉の楽器。まるで役に立たない、石ころみたいな言語、そこから破裂して、ほとんど異物、おかげで誕生、ぐるぐる回って、ダンスダンスダンス。足の生えた魚、水面から、陸へ。その無視された祭典のためのラッパ。そんな言葉、消えてなくなった。強烈な無音の耳鳴り」

「それはシミがつくったの？」

　するとシミは言った。

「そうだ。おれが読みたいと思ったんだから、はるか昔のおれが言った言葉だ。記録には残されていない。書かれていないからな。書いてもだめだ。これは。話さないとな。口が一番重要なんだ。動かないと見えてこない。見るってのはそういうことだ。役に立たないものこそがおれのまわりにあって、おれの中にある。それがおれの街だ。おれはそんな海で泳ぎたい」

たしかに、ぼくはそうやってみたかった。ぼくはそれを書きたかった。しかし、そんなことは無理だ。とシミは言った。シミはいつもそこから逃げようとしていた。シミは天井裏を見つけては忍びこみ、飄々《ひょうひょう》とおびえずに歩いている。ポルシェに乗っている。ポルシェの車体はネズミ色から真っ白に変わっていた。それでもいい。もう何でもいい。これはもう二度と現れない光景で、記憶ですらなく、ぼくの中でしっかりといまだにかたちをもって呼吸していた。シミにそんなことを言っても、まったく気にしないし、聞いていていないふりどころか、そもそも聞いていていなかった。言葉は対話するためのものではなかった。言葉は二人のためにあるんじゃない。言葉は風景のためにあった。人間のものじゃない。シミはただ風景に溶けていた。風景の一部になるにはどうしたらいい？そうぼくが聞こうとすると、シミが言った。

「そのものになるってことが、口を開けるってことだ。一千年前もいまも変わらずに、それはずっとたしかにあって、それがお前を車に乗っけた理由だ。理由がないってことが、一つの機械で、目には一つ一つ、まつげは鉄琴みたいに音階をもっていて、そこに気づくか、気づかないかで、何にも変わらない。それが最高なんだ。何にも意味がない。ところが、そこに何か動いているものがいる。地面のアリに気づくか？　子どもは喜ぶがおれは喜ばない。でも地面のアリに気づいたことはずっと頭の中にあって、あれがいまのおれにとっては何かってのをずっと考えているから、すぐ信号なんか無視してしまう。でも、それはおれの破天荒な一面じゃない。おれにとっての誠実なんだ。これはおれにとっての誠実で、自然なところだ。おれは自然なんだから、不自然なこととしてどうする?」

もう昼下がりではなかった。何日か経ったのかもしれない。電話は鳴りっぱなしで、ぼくは電話をしていることすら忘れていた。ぼくは車の中にいた。エプロン姿のニーチが店を開けようとしていた。ニーチはどこにでも顔を出す。動いているのが好きなだけだった。何度かぼくの嘔吐物も処理してくれた。嘔吐したぼくは急に目を覚まして、銀色のポールを手から離した。シミと一緒にいること自体が、旅だった。ぼくはシミの車の中でいくつかの国を通り過ぎていった。シミはガムを噛みながら何かつぶやいている。

「シューッパン、シューッパン。逆さに回転する花火。燃え上がる扉の向こう。林。人がいた。村だ。池のワニが口を開き、無数の歯のそれぞれに扉。開くと、逆さに回転した花火。シューッパン、シューッパン」

シミはいつもそうやって、窓からの景色とは違うものを見た。ぼくは耳で見た。

「逆さに回転した花火。燃え上がる舳先《へさき》に、止まっていた小さな人間が、コウモリに連れ去られ、黒い水に溶けた月がてんてんてん。白いボタン、ポタポタ落ちていくのをシューッパン、シューッパン。笑い声が耳の中から聞こえてくる」

「耳の中?」

「ああそうだ。村だし、耳の中なんだ。それが車で起こることだし、おれの考えるロビー、そこで行き交う空気だ。耳の中から声が聞こえたと思ったときには、ワニがいて、その無数の歯には扉。目は右や左を忘れてしまった。上にはシューッパン、シューッパン、逆さに回転する花火。燃え上がる髪はちりぢりと転げるように頭の中に入ろうとすると、扉。鍵はない。どこだ。蠅《はえ》が群がる。鍵を持ってこい!」

ぼくは驚いてポケットをまさぐるが、煙草しかでてこない。とりあえず一本出して火をつけると、シミに渡した。

「村人たちは池のワニの口を開け、無数の歯の扉を開けた」

煙草のけむりはもくもくと車内を漂っている。もやが晴れると、カウンターが見えた。コウとシモンもいた。シューッパン、シューッパン、とぼくは声を出した。

「逆さに回転した花火!」

　忘れた国からやってきた王様姿の村人たちが、布をくるくる巻き取りながら、道を逆行していく。シミは人間じゃないように見えるときがあったし、実際に人間ではなかった。姿かたちすら人間じゃなかった。ただ声だけのときもあったし、風景の一部にまぎれこんでいることもあった。ぼくがただ車の中から見ていただけだ。電話の声は地面から足を響いて伝わってくる小さな地鳴りみたいだった。虫も這い上がってきた。シミの顔には蝿が止まっていた。

「蝿ってのは、お前の目とはまるで違う。おれは蝿でいたいし、きっと蝿だ。植物が鋭利なものに見える。蝿の視点は、スイッチで転換するテレビみたいなもんだと思うのは早合点だ。蝿は複眼じゃない。いくつかの蝿がそこにいるだけで、その奥には草原があって、ヌーが群れをつくっているみたいに、雨上がりの雲が映った水たまりを飲んでいる。どこへ行こうかと、指図する王すらいない。誰もいないんだ。いるのは、皮膚と皮膚の隙間に空気が流れている獣の数珠みたいなもんだ。蝿はいまもおれの車の中にいて、頭の中をずっと動き回っている。中にいるんだが、それは草原よりもずっと広くて、とめどない。人間の目ってのはあまりにも商品みたいに、関心のあるものにしか向かない。機能は無限にあるというのに、説明書すら読む気がないし、そもそもそんな冊子は存在しない。おれはそんな目とはとっくの昔におさらばした。だから見えたってわけでもない。おれはべつに違うものになりたいわけじゃない。目の可能性ってのは、もともとあるわけじゃなくて、それは新しくつくるしかない。気づけばいいってもんでもない。向上心では永遠に追いつけない草原がたしかにある。おれは見た。蠅として。蠅はそこらじゅうにいたし、バングラデシュのカフェの中をうろついていた。でもこの先には何もないと思えたし、蠅ってのはいつもそうだ。この先には何もない。だから動いていない。目の中のヌーの大群を反射した水に映ったものとして見てる。そこにおれはいないし、ところがお前がいた。だから、おれはお前を車に乗せたし、窓から見える風景は通り過ぎていった。速度によって溶けていくバターみたいに。ちびくろサンボはなんでホットケーキをあんなに積み上げているのか考えたことがあるか？　おれはある。あれは一つの宮殿で、おれは一匹の蠅だった。そこからはじまった。背の高い茎は大きな葉っぱを支えていた。葉の上に一粒の水滴が溜まってる。このテキーラだって、その甘露を抽出してると考えられる」

シミはカウンターに並んだショットグラスの一つをつまむと、乾杯もせず一人で一気に飲み干した。ニーチは僕らから金を取る気がない。金は無用だった。みんなも次々とショットに手を伸ばした。コウがこちらに近づいてきた。

「ピスカ！　ディズニーランドの裏には、というかここがまさにその裏なんだけど、どでかいゴミ箱がある。森ってぼくらは呼んでて、その森にはありえないほどのゴミが散乱している。とにかくやつらときたら、少しでも本物っぽいとダメだといって、嵐がきた地獄の黙示録のセットみたいに根こそぎぶっ壊しちゃうんだよ。壊すのはいつもコマツの重機でやってくるジェイクっていうプエルトリコ系のアメリカ人で、どう見ても、日本で金を稼ぐためだけにアメリカ人になりすましている狂人だった。ぼくらがつくったものを自分の勘で朝から夕方五時まで壊しまくる。むかつくやつだけど、そのうちにそれは一つの循環みたいに思えてきた。悪循環だって、一つの循環で、悪循環こそ摩擦のない循環なんだ。おかげでぼくらの仕事は永遠に終わらない。新アトラクションが完成しないのはそれが理由だった。でもそれがジェイク一人の仕業だなんてことは発表できないし、もしかしたらジェイクはただ雇われているだけなのかもしれない。ジェイクは森の番人みたいになって、いまじゃジェイク以外は誰も入れないようになっている。柵も何もないのに、森には誰も近づけないんだ。アメリカ人たちはいっさいそのことについて触れないし、そもそも困っているのかどうかすらぼくたちにはわからない。でも、どうだっていいだろう？　自然ってのはそんな簡単にはできないし、理論立ててつくるもんでもないからね。いちおうスケジュール表はあるんだよ。でもそれは現代音楽の複雑な五線譜みたいで、ぼくたちには何一つ理解できないし、とにかくこちらはただのバイトだし、裏の村がこのまま十年くらいずっと存続してくれればありがたいだけだから。森を見つけたのはシモンだ。シモンはああやって変な異国の楽器ばかり触ってるけど、もともとはウィーンかどこかで作曲の勉強をしてたんだ。だからあのスケジュール表が読めたのかは知らないけど、そもそもそれはスケジュール表ですらなかった。時間はどこにも書き込まれていなかった。もちろんこれはシモンが読み取ったことだ。ジェイクの破壊力に当初はおびえていたから、どうにかしなくちゃとプレハブ小屋の重役室に忍び込んで、とにかくこの工事の全貌を知ろうと試みたんだ。シモンはおかげで現場のリーダーからは外された。監視されてはいなかったはずだ。カメラもなかったし、拷問されることもなかった。それなのにシモンはリーダーを外され、いまじゃ、毎日くる新人のバイトに渡す道具一式を保管する倉庫番になってる。ところが、その倉庫の裏に森があったんだ。シモンは毎日、夜、仕事が終わって〈光線〉で一杯飲むと、プレハブ小屋の鍵を開けて、懐中電灯一つで五線譜を読んだ。そして、ついに森を見つけたんだ。そこは工事の敷地とは思われていなかった。ディズニーランドの帰りにお土産を買う場所があるだろ。その近くに、まったくディズニー・カンパニーとは関係ない、市が管理している公園があって、噴水の近くに大きな換気口があった。シモンはとにかく鍵をつくるのが得意で、昔はモグリの鍵屋をやっていたくらいだ。だから合鍵をつくるのはお手の物で、換気口が屋根から突き出ている機械室の中に入っていった。十メートルくらい地下へ続く長い階段があって、そこを下りると森があったってわけ」

店内は仕事帰りの日本人、アメリカ人、それに交じってパキスタン人やネパール人たちもいて、ざわついていた。だから、正確には聞こえなかったが、コウはそれでも口を動かすのを止めない。シミはどこかへ行ったのか、消えていた。シモンは、ほとんど喋らなかったし、喋っても僕には理解ができなかった。それでもコウやヨギンは笑いながら、愉快に酒を飲んでいる。天井板には植物が彫られていて、その凹凸は下に垂れているようにも、ヴォールト天井みたいに崇高に上に伸びていくようにも見えた。それでいてのっぺりとしている。床はステンレス製だった。壁にはあらゆる廃材がパッチワークされていた。もともとは新しくつくるアトラクションの素材だったからか、アンコールワットとベルサイユ宮殿とアラビアのモスクがごっちゃになっている。シモンが直感で選んだものを、コウがコラージュしたのだという。行ったこともない国の実家みたいな異様さがあった。

「森。いつも月。見る。くる。誰かがくる。ジェイク。違う。人。影。おれ。音楽。エレベーターつくった」シモンは僕に気さくに声をかけてくれた。

ニーチがおかわりのショットを僕の前に置いた。

「シモンは数日戻ってこなかった。心配になったぼくとヨギンは携帯に電話をしたが、かからない。みんなで必死になって探したんだが、換気口から叫び声が聞こえなかったら、きっとシモンは森の中にいるんだと思った。扉を開けて、地下に下りてみると、シモンは森ですでに生活をはじめてた。仲間みたいなやつらも見つけたと言っていたが、姿は見ていない。集団の中に加わっていた。食事なんかも出ていたらしい。ジェイクはそこでプエルトリコからの移民たちを忍び込ませているという噂もあったが、詳しいことはまだわかっていない。ま、どうでもいいんだ。森の中に立つと、ぼくはピンときた。そこは地上の世界とはまるで関係ないし、たった一つの世界にも見えた。見たこともない虫や動物だっていたはずだ。もちろん見たことはない。ヨギンの仮面はそこに生えている木を掘ってつくったものだ。もちろん、その木だって、土から生えていたわけじゃない。ほとんど透明の地面みたいなどろどろの溶けた粘着質な床は、森の湖みたいでぼくとヨギンはしばらく見とれてしまった。それで数日分のバイト代がフイになったくらいだから、一週間くらいいたのかもしれない。シモンは森のずっと奥に入り込んでいて、そこで小屋をつくって呑気《のんき》に一服してた。鹿の角もあったが、屋根から突き出るくらい長くて細かった」

　シモンの左腕には刺青が見えた。指で消したような跡もあった。

「マッキー、マッキー」

　シモンは手を振りながら、ストローでテキーラを飲むと、ポケットから黒の油性インクペンを取り出した。指先は顔の前。眉間にペン先を向けると、額に突き刺した。たまったインクが鼻筋を落ちていく。シモンはドット柄を顔中に刻み、何かの文様を浮かび上がらせた。

「テレビ、湖。水の海。浮いてた。かもめ。笑う。足」

　指で一つ一つ文様を指差しながら、シモンは言葉を吐いた。

「おれの家の近くだ」とシミが言った。

「シモンはずっと小屋の中にいたわけじゃなかった。ぼくたちもすぐにはそれがシモンだとは気づかなかったから、恐るおそる観察することにしたんだ。仕事のことなんか忘れてしまってた。でも、そこは時間もおかしくなってて、時計が狂っていたことは覚えている。帰る途中に天井から勢いよくシャワーが出て、それで記憶が失われちゃった可能性もあるからね。でも、これは本当のこと。ヨギンがそれを保存した」

コウはシモンをまるで飼育している猛獣みたいに扱っている。ニーチが手を滑らせてグラスが割れた。店内の客は誰も気にしない。フランスから来たらしい旅行客の夫婦が革の大きなトランクを持って、ロビーに入ってきた。外では自転車のベルの音が鳴っている。朝がきたのかもしれない。喧騒がはじまっていた。制帽をかぶったアジア系の褐色の男の眉毛が濃く、緑のスーツをきた黒人から指示を受け、その旅行客の荷物を台車に乗せた。コウはまだ話を続けている。舞台にヨギンが上がった。

「時計や方位磁石なんてものを使おうと思ったわけじゃなかったが、ここにはいろんな小道具があって、それは全部、ディズニーランドのためのものだと思っていたんだけど、まったく違う使われ方だってあるんだってことに気づいたんだ。ヨギンは鍵をいくつか持っていたし、そのうちの一つか二つくらいは実際にディズニーランドの外でも使えた。小屋から出ると、シモンは小屋の中で香を焚いて、何かを唱えていたが、歌をうたっているようにも聞こえた。その歌を聞いて、シモンだとわかったんだ。でも聞き覚えのない歌で、声もまったく違っていた。もっと高くて、どこかの山奥のばあさんが歌っているのかと思ったくらいだ。実際に森の中には老婦がたくさんいて、彼らはみな赤の刺繍柄のポンチョを羽織っていた」

コウはそう言うと、携帯電話で誰かと話しはじめた。ヨギンが立っていた舞台はカウンターにいるぼくでも手の届くところにあった。舞台の上のヨギンにはスポットライトが当たっている。それなのに、ぼくのほうをずっと凝視していた。

「神様も知らないことだってある」

シミが耳元でささやいた。トイレから戻ってきていた。シミはこうやって、いつもいなくなっては突然現れる。どこに行っていたなんてことをぼくはシミに尋ねたことがない。

「クレナイの庭の奥には、神社があって、そこの水はまだ飲める。井戸水ってわけじゃない。岩から少しずつ滲み出てる。東京というシーツに少しずつ漏れ出てくるみたいに。風船みたいになってる。布でできた風船。そのまわりには水がぱんぱんに張ってあって、海とはまるで違う水の世界だ。おれはそんなところを毎日ドライブしているんだ。そこは単に直線の道路ではないし、車線変更なんかしても仕方がない。水が入り込んできて、洪水に巻き込まれるかもしれないんだ。おれはときどきそれを思い出すと、首都高に吸い込まれていく。目黒の森を上からいくら見たって、そこはただの植物の群生にしか見えない。ところが、地面を這っていくと、つまり俯瞰《ふかん》せずに、道でもない、足の動いていくその一歩が切り開いていく世界だけを見ていくと、突然カトマンズに出てきたりする。実際に、おれは見た。目黒の先はカトマンズだし、正確にはカトマンズからタクシーでしばらく行ったはずの古い町だった」

クレナイが葉っぱを燃やし、強い匂いを漂わせながら近づいてきた。クレナイの口から出る息は、寒い日の吐息のようだが、いまは夏だった。シミと会ったときは寒かった。しかし、虫の鳴き声は、記憶とはまるで違うもので、それがセミではないことだけはたしかだった。虫のことならニーチに聞けば何でもわかる。ニーチは虫と会うためだけに熊野へよく行っていた。あいつの交通費はどこから捻出しているのか。ぼくはつい、そんな下世話な心配をした。

「トンボの羽根ってどうやってできたか、まだわかってないんだよ。そんな状態なのに、ぼくがここにいる理由なんかわかってたまるものかって思うときがあるよね。だから、何でもできるのかもしれないし、どこにいても文句一つないよ。トンボの羽はエビの仲間と関係があるのかもしれないと思っている。トンボはいつだって水中に戻っていきたいんだ。エビやザリガニは、何度も脱皮するけど、あれは背中をかいているようなもので、ただかゆいんだ。べつに成長ってわけじゃない。シミほどじゃないけど、虫だって成長に関してはバカみたいって思っているところがある。そんなところが好きなんだ。かゆい背中を水底の砂利にこすりつけて、それでうまく脱皮できるやつもいるけれど、たいていは皮膚が残る。乾いたカサブタみたいにまた、それもかゆくなるだろ。だから、ついつい、砂利や藻なんかにこすりつけるんだ。いま、ぼくも背中がかゆい。ちょっとかいてほしいくらいだよ。で、ぼくとマリオの間に、背中をかくという対話が生まれる。でもこれだって、べつに関心や興味で話しているんじゃない。でも、運命や本能みたいに決まっているわけでもない。星雲だって一緒だけど、決まっていないから面白いわけだし、どれも終わっている話をいま見ているってことは変すぎて笑えるよね。脱皮が下手なエビはその節と節の間にカサブタを残してしまったわけ。カサブタを大事にするやついるよね。それがぼくなの。マリオはすぐかきむしるだろ。だいたい、顔を見てたらわかるんだ。虫の顔を判別できるくらいだからね。でも、ぼくの能力はいつまでたってもこの人間たちの世界ではうまく活用することができない。おかげで、どこにでもいけるからいいけどね。なにせ暇だから。暇は金を持ってちゃできないし、金持ちの暇なんかたかが知れてる。本当の無人島には、バカな暇人しか到達できないからね。ひからびた皮膚は、いまもおれの背中にあって、それがトンボの羽になったんじゃないかって言われてる。おれはときどき大英博物館にも行くんだよ。それで図鑑をかたっぱしから見たり、年に二回開催されている虫の学会にも参加している。ロンドンの友達たちの家に泊まり歩いているから金はかからない。飛行機代だけは向こうが出してくれるからね。虫が好きなやつを放っておくわけないだろ。世界のあらゆる生物の七割が虫で、虫の総重量を足すと、人間なんかすぐ全滅するんだ。つまり、この世界は虫の帝国なんだよ」

ニーチの背後にトンボを模したステンドグラスが見えた。無数のトンボが爆撃機みたいに空の上を飛んでいた。トンボの腹には飴色のガラスがはまっていた。雲を抜けた機体は、こちらのことはいっさい構わずに、飛び進んでいく。見えていないのだろうか。トンボに見えていないはずがない。

「見えてないんだよ」とニーチは言った。シミはおかわりを飲みながら、音楽に耳を傾けている。

「人間にとっての『見る』と、トンボの『見る』は、まるで違っていて、それを人間の言葉で置き換えちゃうからすぐに退屈になってしまうんだよ。だから、人間は酔っ払うんだろ。それで何か変わるとは思わないけどね。虫にはいろんな毒があって、ぼくは世界中の虫の毒を集めてる。毒はぼくのからだを吹っ飛ばしちゃうんだ。ぼくはからだがなくなって、目ですらなくなって、しまいには『見たい』という感情だけになる。見えるものなんかどうでもよくなっていくんだよ。トンボの爆撃機がやってきたって逃げる必要なんかないよ。そこにいればいい。ここは避難所なんだから。シモンが見つけた大事な場所なんだ」

ニーチはそう言うと、バーカウンターの仕事に戻った。ヨギンが天井からぶらさがる蔦のようなコードにしがみついている。ターザンみたいに人混みの上空をコードを伝って移動していく。空中のヨギンは、手足が伸び、猿に見えた。ヨギンの靴底からはもちろん足の裏が顔を出していた。

湖

シミは〈光線〉を出ると、車に向かった。外は赤茶の道だったが、砂埃は上がっていない。誰もいなかった。両端にはうねった樹木が並んでいる。鳥の声が聞こえた。夕暮れだった。強い光が車の中に射し込んでいる。シミはサングラスをかけた。

「この先にシモンが見つけた倉庫がある。そこにはあらゆる時代、あらゆる国の遺跡がある。知らない国や存在しないはずの国の発掘品だってある。鍵はかかっていなかった。おれがシモンに教えた。もちろん適当に言っただけだ。地図も渡した。おれは知っていたわけじゃない。ただ口にしただけだ。疑うことを知らないシモンは歩いた。そこは王国の領土じゃない。どろどろに溶けた沼地だった。もともとおれはそのうちのいくつかを知っていた。誰かから教えてもらったわけじゃない。そこにあることをただ知ってた」

　シミはゆっくりと車を走らせた。

「おれが住んでいる場所には風すら吹いていない。風や水には興味がない。植物なんか全部造花でいいし、そもそも造花だって人工物ではない。かといって自然でもない。おれは人工でも自然でもない。そのあいだにあるいろいろ。それがおれだ。どちらでもない、いろいろ。さまよってるんじゃない。どちらでもないだけだ。ただそれだけ。ただそのまま。いろいろ。そこにもおれの家があって、家にはいくつも役目がある。ときどきお前が車から見る風景だってそうだ。見る人間によって変わるだけじゃなく、おれの中でも次々と変わっていく。変わりすぎて、いまではどんなかたちだったのかわからなくなった。そもそももとの姿ってものがない。お前は毎日、違うものを見てるし、この車の中での会話も、実はそのつど変化している」

「みんなはどこに行ったの？」とぼくは聞いた。

「あいつらはお前の分身だ。だが、お前が見ているやつらの動きは、お前の腕や足や目頭に残っている。だから本当にいる。そもそもお前はクレナイの庭でいまもずっと火にあたっている。そこはソコで一つの場所だ。おれはソコにもいる。おれはおれに興味がないし、マリオ、お前にも興味がない。おれはソコに興味がある。車の中ではいつもソコを探しているし、ソコという台風の目にいる。真ん中にいる。しかし、お前にはいつも端っこにしか見えないだろうし、おれにはソコは道ですらない。そもそも何も見えない。足が着く地面はソコにはない」

車は少しずつ速度を増しているような気がした。ところが、景色は相変わらず夕焼けのままだ。光の角度が常に一定で、ぼくは進んでいるのか止まっているのか次第にわからなくなった。シミはいつものように前を向いていた。背の高い茂みが見えてきた。突然現れた。茂みは突然生えてきた。茂みの向こうに、倉庫の屋根が見えた。大きな換気扇が屋根から三つ突き出ていて、ゆっくりと回っている。風は吹いていなかった。空はペンキ絵みたいにのっぺりしていた。窓を開けると、肌がヒリヒリした。手を伸ばしたが、風はつかめなかった。ゆっくりと時間が流れていた。バイクに乗ったシモンとニーチが通り過ぎていく。古いホンダの赤いバイクだ。パームツリーが見えた。湖でもあるのだろうか。道沿いには稲がまっすぐ立っていた。貧弱な稲だった。どれも同じ方向を向いていた。夕日を浴びて、パームツリーは紫色に見えた。幹の節が白く光っている。バイクに乗った二人は気づくとずいぶん遠くにいた。

「あいつらは親がいない。小さいときからずっと二人で暮らしてきた」とシミは言った。「ある日、シモンは寺院をつくるって言い出した。おれは多摩川へ行けと言った。多摩川だったら何でもつくることができる。おれの仲間たちはみんな多摩川へ行った。といっても、あの多摩川とは少し違う。支流ってわけでもない。おれは場所を教えてやった。あいつらはバイクを持っていたから、見つけ出すのは簡単だった。バイクといっても、あのバイクじゃないとだめだ。おれはそう直感した。ただぼうっとしていただけだ。カフェで。まわりは何もなかった。小さなスピーカーを腰にぶらさげたオヤジが、エレキギターで古い歌をうたっていた。懐かしくも何ともない。おれには懐かしむ感情がない。そもそも記憶がない。おれは覚えておくことができないし、端からすべて忘れてしまう。必要ないからな。風景は放っておいても、次々とやってくるし、目はすべて食っちまう」

シモンとニーチはこちらに向かって手を振っている。

「あいつらは面白い兄弟だ。おれの頭の中にある場所を見つけてきてくれる。もちろん、最初に在り処《か》を見つけたのはおれだ。でも、見せてくれるのはいつもあいつらで、他の仲間だってみんなそうだ。そうやっておれたちは少しずつ確認するように、自分たちの場所をつくっていった。つい夢中になって、そこから戻ってこれないやつらも出てきた。おれは一歩も足を踏み入れたことがない。おれには不要なんだ。おれは人がほしいものをすべて用意することができるが、自分はただのチューブみたいなもんだ」

「シミと一緒にいると、近くの場所が遠くに見えるよ」

ぼくがそう言うと、シミはラジオをつけた。

「それはおかしなことじゃない。常に遠くにある。お前にとっていちばん身近なものでも、本当は遠くにある。あのバイクがここからどれくらい離れているのかなんて測ったところで無駄だ。これはあいつら二人の思い出じゃない。思い出なんかない。おれにはない。あいつらはもともと知っていたんだ。だから、おれの前に現れたし、誰かから紹介されたわけじゃない。誰だって、そんなもんだ。まだ夕暮れだろ。これは朝なんだ。おれは朝だと思って、起き上がった。どうせみんなもう寝ている頃だ。小屋は静かだ。ヨギンは森の中に入っていったまま、帰ってこない。おれはそう思わない。あいつはあいつの場所に戻っただけで、何も話す必要はない。おれはお前にいろんなことを話しているのかもしれない。ところが、この言葉だって、べつにおれの口から出ているってわけでもなければ、考え出したわけでもない。もちろん、おれには頭があって、口があって、喉もある。それが生み出していることは間違いない。お前が一番わかっているはずだ。だから、いま、お前は車の中にいる」

眠くはなかったが、からだに力が入らなくなっていた。それなのに、ぼくの目は光り輝いていた。もちろん、内側から光っていたわけじゃない。ただ夕日が反射していただけだ。シモンとニーチが反射する光に照らされている。二人はバイクから降りると、湖の中に入っていった。

「あそこで泳ぐのは格別だ。山でも見ながら、ぼうっと過ごすんだ。おれはすぐ近くの民宿をいつも借りる。部屋ももう決めている。夜十時にでもなれば、もうこのへんは真っ暗だ。観光客なんて誰一人いやしない。みんな日帰りでいなくなる。いまからすべて、おれの時間になる。瞑想なんかしない。静寂じゃない。おれの頭は動いている。動きを感じている。獣はどこかへ行った。剝製ならまだしも、たいていはプラスティック製だ。倉庫はそういう遺産で埋めつくされている。おれは一つの抜け道を見つけた。シモンはそれに気づいた。自治区の段取りはコウに任せている。あいつはアメリカ人とのやりとりに長《た》けているからな。しかし、触角はシモンだ。ニーチにはシモンの触角が見えない。もちろん、それぞれにいいところがある。おれたちは一つのからだみたいなもんだ。これは他に見つけることができない。おれはずっとこのからだの心音を聞いていたからな。生きていることがすぐにわかった」

気づくと、湖に着いていた。湖は幅の狭い砂浜で囲まれていた。パームツリーや布袋《ほてい》竹《ちく》の茂みも見える。茂みの中に一軒の小屋が建っていた。シミはエンジンを切った。

「あそこはおれの部屋だ。べつに何かするってわけじゃない。中に入ることもほとんどない。昔からあそこに建ってた。おれはときどき頭によぎるだけで、見つけようともしなかった。これが草原の小屋の原型になった。しかし、もともとあるものを再現したってたかが知れてる。そこではおれは生きられない。生きたくもない」

焚き火が見えた。ニーチが湖から上がってきて、薪《まき》を足した。

「お、マリオ」

ニーチはぼくに気づくと、手をあげた。靴のまま砂浜に入ったぼくは焚き火の前に転がっている大きな石の上に座った。シモンは遠くでまだ泳いでいる。

「今日はいい月が見られる日だ。みんなもあとで集まってくる」

シミはそう言うと、焚き火を通り越して小屋へ向かった。ぼくもあとをついていった。

「ここが倉庫だ」

「倉庫?」

「あの空も倉庫の壁みたいなもんだ。手が届くところにある。どこまで歩いても壁に当たることはないが、風は吹いていない。埃もたまったままだ。朝になった試しがない。おれには朝がない。不要なんだ。シモンは長い間、抜け道をひたすら歩いた。三回ほど日が暮れて朝日がのぼった。もちろん、おれは知らない。おれはただ場所を示す地図を渡しただけだ。おれのテーブルの上に置いてあった。誰かが描いたんだろ。見ると、おれの筆跡だった。誰かが乗り移っているわけじゃない。おれはそういう空っぽじゃない。その逆だ。いろんなものがパンパンに詰まっている。おれのからだからいつもはみだそうとしている。蛇口を強く閉めていても同じことだ。いつか同じことになる。お前ならどうする？　簡単なことだ。蛇口なんかもともとないんだから。空っぽになんかなるもんか。おれの中に無数のお前がいて、シモンはそんな道をずっと歩いた。言っとくが、ここはおれの頭の中じゃない。舞浜駅の近くだ。ただの千葉県だ。つまり、それとこれとはまったく違う。混同するな。混同するやつもいるが、それは手を取られちゃったやつで、おれはただここに立っている。立つってのはよっぽど力がいる。からだがぱんぱんにつまっていて、おれの知らないものや見たことないものまで、普段どおりに動いたりするもんだから、気づくと故郷に戻っていたりする。ところが、おれには故郷がない。おれの中はオケラみたいな地中の虫が動きまわっていて、泥でまみれている。船も浮かんでいるし、立派な港だってある。そこにいるやつらの顔を見てみろ。誰も気にしちゃいない。壁のことなんかどうでもいいんだ。そいつらは近くの食堂でいまも飯を食べたり、酒を飲んだりしている。だから、おれは放っておくことにした。そいつらは勝手に町をうろうろしている。うろうろだけじゃない。ネジを締めたり、忘れ物をしたりしている。その一つひとつを見ようとしても無駄だ。もちろん起きたことはすべて、からだに伝わってくる。お前だってそうだ。おれはお前がどこに住んでいるかも知っている。見当をつけている。それで十分だ。これはおれの問題じゃない。そもそもおれは解決しようなんてハナから考えていない。そんなことどうでもいい。日が暮れたりするもんか。ずっと変わらない。からだはぐにゃぐにゃに折れ曲がり、おれは自分の目すら信じなくなった。おれが見ているものは、おそらくこの目が見ているだけで、おれは見ていない。だからって目を閉じるわけにもいかない」

シミは小屋のドアを開いた。敷物がしいてある。スパイスの香りがした。小屋の窓から湖が見える。シモンは大きく息を吸い込むと、水中に潜っていった。海のようだった。対岸が見えない。山から煙があがっていた。煙突が見えた。

「クレナイはどこにでもいる。目黒の家はその一つのかたちにすぎない。誰だってそういうことはある。おれの匂いに似た樹木がそこらじゅうに生えている川が流れていた。インドネシアとフィリピンの国境近くだ。海なのか川なのかもわからない。その違いは人間が決めてるだけで、おれは決めない。おれはそこで生きているやつらが好きで、そのまま暮らすことにした。はじめて行った場所だった。でもそこらじゅうにおれがいた。

おれが充満していた。この水辺のやつらにはそんなことすら当たり前のことだった」

泳ぎ終えたシモンもこちらに向かってきた。シモンはドアを開けると中に入ってきて、敷物の上に寝転んだ。裸のままだ。シモンの裸体は、日本人の裸には見えなかった。どこか南洋の褐色の若い漁師のみたいなからだで、傷がいくつかあった。モリが似合う男だった。長髪のシモンは海の中で波をばしゃばしゃやりながら寝言をいっている。手で水をかいていた。シモンのまわりに極彩色の魚がぴちぴちはねあがっている。魚ははねあがりながら、ドアの向こうへと行こうとした。シミは窓際の椅子に座った。そのとき、さっと空中の魚をシモンの右手がつかんだ。

「青！　たくさんある青！」

シモンが叫びながら魚を放り投げると、突然、すごい勢いで話しはじめた。

「おれは人間の後ろに長い時間が見える。見る。おれは船仕事。あった。知ってた。わかってた。手に道具を持って使い道がわからない。ただ混じってない。混じり方に法則。なんでそんな気がしたか？　同じものがない。そんなことはない。何でもつながってる。道具は似てた。でも、違ってた。素材が違う！　ししし。たとえば木。言葉じゃ言えない。金属でもなあ。口じゃ無理。だから、おれはおかしいと思った。そこから変になった。そこからおれも覚えていない。ただ、目の前のものが、本物。全部、見たことがない。赤ん坊だった。赤ん坊はいい。わからないことが当然。ハイハイ、手を伸ばして、口に入れる。おれだったらどうする？　おれは海に潜ってつかまえて、口に入れた。おれは森の中で、どれもはじめてだった。鍵はない。口に入れて飲んだ。おれはそれをやった。どれもこれも本当。おれは感じないこと口にしない。飛んでるやつがいた。それはおれ。おれはからだが自分のものと思えない」

まだ夕暮れのままだった。焚き火に人が集まってきた。

「シミは海の向こう」シモンが言った。

「海の向こう？」

シモンは少し興奮した様子で、空き缶でできた楽器を触った。

「どれもはじめて。おれの手も別物。おれはからだから離れた。指の動かし方も忘れた。泳いでた。手と足はおれのことを知ってると勘違いした。おれは水底に潜った。底から音が聞こえた。目が見えないおれは、声を知らない。動物も知らない。虫は何かの残像。なのに耳に入ってきた。誰かがおれにしゃべってる。おれは砂浜にいた。あそこの砂浜と違う。目に見えないから当然。親父と母ちゃんがいた。そいつらはおれの親と全然違う顔で。家に帰って顔を描いた。ニーチは何かの文様にしか見えないって。これは親だと言った。ニーチは相手にしない。仕方ない。こんなこと誰に言っても仕方ない。だから、おれは音楽をやる。聞いちゃったから。音楽は鳴っているから。楽器じゃない。ただ聞いちゃったものをなぞってる。ぬり絵と一緒。終わらない。なぞっても無駄。自分に言った。でも、なぞる。それしかできない。それがおれのはじまり。おれは何も知らない。おれが知ってることは、子供のとき、さかさまだった。それで聞こえてきた。だよ。誰かの言葉が。木をこする音。まあ、そんなこともある。勘違いはない。おれはそこからはじまってる。シミ、って言った。そいつは。そいつの名前がシミってわけじゃない。指さしてた。そっちを。あっちを。そこはただの海。海があった。山が見えた。海がそこにあるのは何となくわかってた。昔から嗅いでた。匂いのおかげか。おれは船乗りの子供じゃない。それなのに、船は楽器弾くみたいにどんどん乗れる。おかしな話。おれは船に乗ったわけじゃない。船は一つの道具。シミには船で行ける。そこが全部シミだった。おれにもシミが見えた。おれはそこに向かってた。思い出した。忘れてなかった。ずっと残ってる。人間じゃなかった。おれに教えてくれたやつは水滴だ。いまでもここにいる。ニーチをよく誘う。シミは見えても到着しない。なぜかわからない。着けなくてもいい。問題じゃない。問題なんか一つもない。おれは聞こえたからうれしい。地図にはない。面白くない。おれは興味がない。おれは魚が好き。海ならいつでも音楽になる。ただそれだけ。シミに着くために泳いだら、雲が怒る。道は一つ。でも道は初めてのことばかり。おれは足から離れた。契約はない。ただおれがそう思った。願ってもだめ。シミは海の向こう」

「シミ！」

横になって声を出すシモンに目を移すと、シミが横切って、砂浜に出て行った。

ぼくは呼び止めた。

「ちょっと顔だしてくる」とシミは言った。

波の音が聞こえてきた。窓の向こうには船が見えた。

「船で向かわなかったの？」とぼくはシモンに聞いた。

「船じゃどこにも行けない。水平線の先にない。等高線はある。山登りみたいにやる。潜っても無駄。海の下に建設中のジャングル。それ、遺跡。アメリカ人は必要ないって。台風で中止。誰も文句言わない。そんなもん。ジャングルに水が落ちて、気づいたときには海。ここはそんなもん。王国はつくりもん。で、つくりもんの中に本物。どれもこれもたしかなこと。たしかなことなんかない。たしかなこと。聞いちゃった音。音楽は新しく聞いちゃった音。そんなものはない。山のむこうから聞こえてきた。海の向こうの音がするほう。そこがシミ。シミに辿りついた夢はときどき見る。目をつむるとおれはシミの地面に足をつけて、知っては、いる。どんなかたちか。どんな植物住んでるか。おれはそこで生まれたし、砂浜はシミで見た。脳から離れない。いや、そうじゃない。おれが見たのは、そこで聞いちゃった音」

文様の隠れ家

音が聞こえていないわけじゃなかった。どこかから何か鳴っていた。ニーチは茂みのほうへ薪を探しにいった。パームツリーは絵みたいに動かないままだった。みんなは焚き火のまわりに集まっていた。タカがまた三線を弾いている。八重山の歌だった。

ぼくは部屋を出ると、シミのあとをついていった。ようやく日は落ちて、辺りは暗くなっている。虫だろうか。小さな音が聞こえた。波の音は聞こえない。月も見えない。からっとした空気が流れてきた。ぼくは真っ暗な壺の中にいた。空中にぼんやりと火の玉が浮いている。灯りに惹き寄せられる虫みたいに、みんなの顔が浮き出ていた。近くにいたかと思うと、突然遠くに見えたりする。どれも輪郭はぼんやりとしていた。火は全体を映し出そうとは思っていないようだ。目だけのものもいた。鼻髭を生やした口は、こちらにすっと寄ってくると目をつむる前にどこかへ消えた。ぼくは靴を脱いで、砂浜を歩くことにした。

シミは煙草に火をつけた。

戻ってきたニーチは細い枝を折ると、焚き火の中に放り投げた。さらに脇に抱えた丸太を砂浜に転がした。ヨギンはひょいと丸太に飛び乗り、端から端へと歩いていく。砂浜は涼しかったが、風は感じなかった。コウは三線に合わせて、鼻歌をうたいながら煙草を巻いている。ペリエの大瓶が転がっていた。コウがつくったアブサンだ。コウは巻き終わった煙草を手に持つと、懐から筆を出した。

「それ、何?」とぼくが聞くと、コウは筆を片目でじっと見た。

「シミはそれ自体が道具で、用途は特にない。用途に気づいていないだけなのかもしれないけどね。それでもいい。ぼくにわかることなんかかぎられてるし、そもそも関心がない。それよりもぼくは知らないことが気になるし、これは知らないものと触れるときに使う道具。おまじないじゃない。シミは直接、ぼくとほかのものをつなぐための通路みたいなもんで、なくなっても、べつに支障はない。これがなくても死ぬことはない。でも、使うとすっと楽になる。ぼくが考えていることが、浮かんでくるわけでも何でもないのにね」

コウはそう言うと、筆でぼくの右腕を何度かさすった。

「ぼくの部屋で見つけたんだ。買った記憶はない。まあ、自治区にあるぼくの家にはいろんなやつがやってきて、知らないやつが寝ているときだってある。玄関はなく、どこも開いたままなんだ。ぼくの家は家というよりも、岩陰とか茂みに似てる。そんな感じだ。それでいい。ぼくはそっちのほうが心地いいし、居場所なんかいらないからね。久しぶりに家に帰ると、目に異変が起きた。網膜っていうのかな。ぼくにはわからない。だから、そのまま放置してた。頭がおかしくなったわけじゃない。目だけが、ぼくから旅に出ようとした。それはそれでいい。そういうこともあると思ってたから。上のまぶたから細い糸みたいなもんが垂れてきて、しかも一本だけじゃない。何本も垂れてきた。このまま目が見えなくなるのかもって思った。まあ、それならそれで仕方がない。抵抗するのは好きじゃない。だから、ソファに座ったまま、ただ呆然とそこで起きることを観察することにした。糸は半透明だった。目の前の風景が逆回転の機織り機みたいに縦糸と横糸に分解されてる。いや、むしろ、ぼくはこれが『見る』ってことなのかもしれないと思った。トンボとかそうなんだろ。いくつも目があって、無数に見えるっていうもんね。あれになった。とうとうトンボになった。ぼくはうれしくなった。気づくと編み目の一つひとつが渦を巻きはじめた。天井を見ても、床を見ても、テレビを見ても、花を見ても、ぐるぐるする。ここはぼくの家だ。家なら、問題ない。ぼくはリラックスしたまま、目の好きにさせた。からだを見ると、皮膚のいたるところに模様が見えた。二つの目で見てた。いや、いまぼくは二つの目で見ているわけだから、四つってことなのかもしれない。詳しいことはどうでもいい。ぼくが気になったのは、自分の皮膚に実は文様が隠されていたってこと。バスを降りたら夢でしか行けない場所が広がっていたことない？　ぼくはあの瞬間が好きで、そのために生きているようなもんだ。だから地図が嫌いなの。このまま三百メートル進んで右に曲がれば到着します、なんて言われて誰が楽しいんだ。ぼくはいやだよそんな生活。ぼくは夢でしか行けない場所をいつも探してる。まさに目の前でそれが起きてた。しかも、ぼくの頭は冴えたままだった。文様はすぐ消えるかもしれない。ぼくはあせった。でも、目にこのあせりが気づかれたら、文様はすぐに隠れてしまう。そこでぼくはただ黙って、静かに目も動かさずに、右手だけで床の上をまさぐった。家にはモノが散乱してた。誰のものかすら、もうわからなくなってた。ぼくは何か書くものを探してた。それでこの筆を見つけた。さっそく、左腕の文様にあわせて筆を動かした。すると、そこが青黒く染まった。墨はつけていなかった。細かいことを気にしている暇はなかった。ぼくは日が暮れるまで、ずっとその作業を続けた。首の裏にまで文様はあった。鏡で見ながら、ていねいに筆を動かした。文様はからだじゅうにあった。隅々まで。ぼくは刺青なんか入れない。このからだは誰だって思った。おれじゃなかった。文様は数日消えなかった。みんなにも見せたけど、誰もちゃんと見ない。ちゃんと見ればわかるのに。まあ、いいよ。筆のことをぼくはシミって呼んだ。理由なんてない。友達のあだ名みたいに適当につけた。いまでも筆を当てると、文様が出てくる。文様の隠れ家はぼくのからだだけじゃなかった。人間とか植物とか獣とか虫とか石とか何とかという前に、本当は全部ぐちゃぐちゃに混じっていて、つまりはぼくとマリオのあいだに区別なんかない。それでも、分かれちゃう。分かれちゃう理由がある。つまり、ぼくはもともといちばん果てに追いやられているってこと。そこから戻ってこなくちゃならない。いまも遠くからただつぶやいているだけかもしれないし、歩くことすらできないのかもしれない。その場所は記憶がないからね。ぼくは知らない。ぼくは知らないことが好きなのかもね。それがぼくだから。この文様は、ぼくがからだになる前の場所を教えてくれる。ぼくはもともと人間じゃないし、人間のぼくはだから、そのために好きにくれてやるんだよ」

ぼくの腕にも文様が浮かび上がってきた。ヘレボルスの花に見えた。クジラにも。

「マリオがここにきたのもそういうことだよ」コウが言った。

「そういうこと？」

「マリオもずっと遠くから見てるってこと。目の前で起きていることを遠くから見てるんだよ。だから、景色とずれていく。そこには大きな力が働いているんだ。そのとき、いろんな人間がマリオの前をどんどん通り過ぎていくから、全部見たほうがいいよ。近くで匂いを嗅ぎながら、遠くから見るんだ。埃も虫の動きも会ったことのない仲間の顔も、そのすべてを、触れながら、遠くから見て、そのままからだの中に取り込めばいい」

コウは煙草を吸い込むと、大きく息を吐いた。

「息は馬鹿みたいに吐くといいよ」

「ほーら、できたわよ。あんたたち腹へってるんでしょ。こんなどうしようもない連中がたくさん集まって。今日は庭のアボカドがたくさんなってたから、アボカドスープつくったわよ」

クレナイが大きな鍋を抱えながら茂みの奥から叫んだ。

アボカドスープ

なんでここにクレナイがいたのかってことを、ぼくも考えなかったわけじゃない。ところが、みんなの動きがぼくよりも早くて、いや動き自体はとてもゆっくりだった。時間の流れもゆるやかだった。クレナイはいつものように庭で採れた野草を使ってラム酒でも飲みながら、だらだらと料理をしていたはずだ。

「こりゃ今日は帰ってこないな、と思ったんだよ」

クレナイはそう言いながら、「ほら、ニーチ、あそこの丸太を持って来な」とニーチに指示した。ニーチが転がしてきた二本の丸太の上に鍋を置くと、蓋を開けた。

「わたし特製のアボカドスープだよ。マリオ、ホセを見たかい？」

「ホセ？」

「そうだよ。ほら、わたしの元旦那だった馬だよ」

「会ってないよ」

「おかしいねえ。ホセはあんたに会ったと言ってたけどね。まあ、いいや。あんたがわたしの庭をぐるぐる歩き回ってたからそう思ったんだよ」

「シミについていっただけだよ」

ぼくがそう言うと、クレナイは小指でスープの味見をしながらこちらを見た。

「ほう、つまりお前さんはシミを話せるのかい？」

「シミはさっきそこを通り過ぎていったはずだけど？」

小さな鳴き声が聞こえた。クレナイはウインクすると、話を続けた。

「シミは言葉なんだよ。馬と話すための言葉。この森は、いつでもわたしとつながってる。行こうと思わなくてもすんでしまう。わたしゃ、どこまでも歩いていったから迷子にはならない。目印一つつけていないってのにね。ほら、温まったよ。スープを飲みな」

クレナイはそう言うとアボカドスープの入った皿を差しだした。

タカの歌は終わることなく、何度も同じ節が繰り返されていた。ある女についての歌だった。女は海の中に入ったり、洞窟の中で泣いたりした。タカは気づくと女になっていた。

スープが腹に染み渡っていった。ぼくの髪は濡れていた。スコールにでもやられたみたいだ。そのとたんに、地面の水たまりは一気に大きくなり、鼻の下くらいまで水が上がってきたように感じた。実際は膝上くらいだった。町は水浸しになっていて、ぼくの横をボートに乗った男たちが通り過ぎていった。知らない男が二階からお茶を飲みながら、こちらを見下ろしている。子どもの叫び声が聞こえた。こちらに向かって飛び込んできた。水しぶきがかかった。笑い声に変わった。ぼくは手で水をかきながら、どうにか前を進んでいった。建物と建物の間は狭く、道は水であふれていた。誰も気にするものはいない。みんなは船で移動している。建物の奥には山が見えた。

「ここはわたしの庭なんだよ。もちろん、勝手に使わせてもらってるんだけどね。不思議なもんさ。都心のど真ん中にメキシコの森と同じ場所があるなんてね。それもこれもホセが教えてくれたんだ。最初は嫌だったさ。そりゃホセが馬になって、別の女ができて、しかもそれが雌馬で、まわりの人間は馬鹿じゃないかっていうかもしれないけどね、わたしは嫉妬したのさ。そのときはまだ若かったしね。それでも洞窟の中でホセが集めてきたものを見てから変わった。言葉だって覚えたからね。といっても教わったわけじゃないよ。わたしはもともとその言葉を知ってたんだから。それがシミってわけよ。わたしはそんな声や息遣いを知っていた。あんたにもあるんだよ、それが。だから、わたしは人っ子一人いない森の中で生き抜くことができたんだから。あんたともわたしの庭に出会ったわけだしね。ここはそんなに誰でも入ってこれる場所ってわけじゃないんだよ。それにしてもあんた、びしょ濡れにまでなっちまうとはね」

からだが冷えていたので、ぼくは焚き火にあたりながらスープを飲んだ。

「シミはそのつど、死ぬんだよ。わたしは生きるために息をしているんだろうけど、シミはそのつど、わたしの口から出て、馬のからだに触れては息絶えて、消えてしまう。ずっと死んでいるのさ。それが言葉ってものよ。言葉はそのつど、死んで、死ぬことでお前さんの耳に届いて、その意味を理解する前に、わかったりする。そういうことを森の中でわたしは感じた。それ以来、ずっとここにいるよ。庭の先には何もない。でも、ずっと広がっているし、きっとそこにホセはいる。今日も会ったんだ。ホセはアボカドの木を見つけるのがうまい。このアボカドもホセが教えてくれたんだよ。どこまでがわたしの庭で、どこへつながっているのか、わたしは知らないし、考えるだけで楽しくなるよ。森の向こうにいくと、段々畑みたいになってて、そこにホセの仲間たちもいた。馬だけじゃなかった。猿もいたし、鳥も見たことのない色の尻尾を振っていた。一つの町みたいになってて、あらゆることが起きた。スープおいしいかい？」

ぼくは頬張りながらうなずいた。タカの歌にあわせて、ハッサンが薄い水牛の皮を張った太鼓を指で器用に叩いていた。

「何回も何回もツヅク。祭りのアイダ、ずっと音楽ツヅク」

ハッサンが故郷の祭りについて話しはじめた。

「ある日、うちの村でオキル。それはナニモ決められていない。いつかはダレモ知らない。村のみんながイッショにマツリノヒとキヅク。フシギだけど、それがわかる。そのとき、集まる。何でも突然、自然にハジマル。小さいときから見てたけど、アノヒだけはいつも、もうズイブン年とったけど、それでも、いつもイッショ。他の日にヤッテモ無理。自分の力ではどうにもならない。村の決まりにしてもイミがない。それじゃ人は動かない。音楽はそんなんじゃうまく鳴らないカラネ」

「いいわね。それがいい。わたしはそういうことしか関心ないいね」

クレナイはスープをみんなに分けながら言った。

「クレナイの言葉は、おれにとっては祭りのリズムみたいなモンダ」

ハッサンはそう言いながら、指でリズムを叩いてみせた。

「うちの村のリズムは、とにかくオソイ。もちろん、いま叩いているこの音は早いケド。同じこと繰り返してるんじゃなくて、ズット裏でもう一つのリズムが続いテテ、それが祭りがはじまる合図。おれにもいまだによくわからない。これがずっとツヅク。とにかくおれたちは眠ることなく、このリズムを叩きツヅケル。もちろん疲れたら寝る。だれか一人は叩きツヅケテるから、リズム自体は延々とツヅク。時間が経ってることも忘れるね。忘れる。全部忘れる。叩いていることも忘れて、村では普段どおりに店なんかもヤッテル。外から人がやってきても誰も祭りをやっているとは思わない。羊なんかも鳴いてて、ダレモ歌っていないから。太鼓だけは鳴りツヅケテルけど、その音も小さくてね。部屋のスミなんかでしか聞こえてこなくなる。でもツヅイテル。あるトキ、村のすべての生きものが、同じトキに、一つの音を鳴らす。それがリズム。説明はできない。村にクルしかない。タカはそんなところにやってきた。それで二人でリズムを見た」

ヨギンはハッサンの太鼓に合わせて、からだを小刻みに動かしている。ヨギンは少しずつ大きくなっていった。山は霧で覆われている。波の音が聞こえてきた。遠くにシミの小屋が見えた。ヨギンはさらに大きなヨギンに包まれていて、さらにそのヨギンもまたもう一つ大きなヨギンの中にいた。玉ねぎみたいになっていた。どのヨギンと話していたのかわからない。クレナイはセージの葉を焚き火の中に投げ入れた。つんと匂いがした。

「お前がやらなきゃいけないことがたくさんある」とシミは言った。

ぼくは聞き返さなかった。聞き返すとまた別の話がはじまってしまう。時間は戻らないし、先にも進まない。シミと話していると、自分が何人もいることがわかる。もちろん勘違いだと思う。誰も勘違いだと言わなかった。自分のことを勝手に判断することほど無駄なものはない。ニーチはクレナイの召使いみたいになっていた。シェフの帽子をかぶっていた。ニーチの考えていることはわからないままだった。

「シミを探しても無駄だよ。シミはぼくの足の指の中にいて、そこから出ることができないままだから。怪我したときに入り込んだ砂利みたいなもんで、ぼくはいつもその砂利が自分なのか、誰なのか、どこから来たのか、何のためにそこにいるのか、聞いてばかりいる。誰も答えてくれないし、怪我したっていいことなんかないよ」

ニーチは彼なりの方法でここまでやってきたんだと思う。

たしかに彼らは集まってきた。用事があったわけではない。約束した覚えもなかった。そもそもぼくは一度も、みんなに声をかけたことがなかったし、どうやっていつも集まっているのか、定かじゃなかった。ヨギンはいまも大きくなっている。いや、大きくなっているんじゃない。いままで一つしか見えなかっただけだ。仮面で顔が隠れていて、この男がそもそもヨギンなのかを誰かに聞こうとしたがやめた。シミは消えたり、現れたりする。タカの歌は日本語にも聞こえたが、知らない言葉が交ざっていた。ここがどこだかわかっていないのはぼくだけだったのだろうか。みんなの言葉には不明瞭なところがたくさんあった。彼らが口にしているシミは、ポルシェに乗っている男とはまるで違っていた。

しかし、そんなことよくある話だ。ぼくはそうやって納得しようとした。

ぼくにとって、花はただの性器だ。よくぞむき出しで生きていられるなと思う。しかも、それを売る店もあれば、一つひとつに無数の意味が含まれていたりする。人の心とつながったりする。贈りものになったりする。虫にとっては労働だ。花はいつか腐る。いなくなる。消えてしまう。死んでしまう。そして何度でも生まれてくる。その過程をぼくは知らない。気づかない。花は生まれ、咲いて、そして、死んでいく。何度もそれは巡ってくる。ぼくは忘れていたんじゃない。死ぬことをふたたび見るために、目が動いただけだ。

ヨギンは、マーヨ、イニンジラス、マレコフスと唱えた。口は動いていなかった。ヨギンのからだが振動していただけだ。ぼくの耳が勝手に置き換えているだけかもしれない。

「ぼくの友達で、ロボットをつくっているやつがいるんだよ」とコウは言った。

「そいつもここで働いてる。この自治区で。何の役にも立たないロボットをつくってるんだよ。愛してた女をつくってる。つまりロボットじゃない。もちろん人間でもない。気配みたいなもんだ。それを探してる。ぼくもそうだ。ぼくも気配を探していて、それさえあれば、からだなんかいなくたっていいと思っている」

ヨギンもまた、ロボットなのかもしれない。からだは硬直していた。

クレナイはそんなことおかまいなしだ。何食わぬ顔で煙草に火をつけた。

コウが話を続けた。

「そいつがつくりつづけている気配は、人間のかたちをしている。見間違えたくらいだ。もちろん遠くから見たら、ただのロボットにしか見えない。ハリボテだよ。べつに似てもいない。ところが近づけば近づくほど、おかしなことに人間に見えてくる。人間よりも人間らしいって思ったりもした。それくらい動いているんだ。似ているんじゃない。新しく常に生まれているって感じ。ここらへんにそのロボットがいくつも埋まってる。誰もそれが本物か偽物かなんか疑いもしない。どっちでも関係ないからね。そいつはロボットにずっとくっついてて離れない。素材は金属だよ。それなのに、匂いがするって言う。愛している女の匂いがぷんと漂ってくるらしいんだよ。意味はわかるよ。ここもぼくがつくっている場所だけど、実際には存在しないからね。マリオ、お前だってそうだよ。ここにいるみんなも。もちろん鼻をくんくんしたわけじゃないから、匂いはわからない。それなのに、誰よりも影が濃い。太陽なんかないのに波の音がするし」

ぼんやりと薄い霧が水面からわきあがっていた。船が見えた。煙を吐き出している。新しいアトラクションの一部なんだろうか。子どもたちの声が聞こえたが、誰かがツマミで調整しているのか、音量が大きくなったり小さくなったりした。

「ヨギンが動き出した」とニーチが言った。

「ヨギンの部屋にいったことある？　あいつの押入れの中に入ったらびっくりするよ。ヨギンはずっと仏像を描いてた。仏像といっても、模写しているわけじゃない。神さまなんかおれにはさっぱりわからないけど、ヨギンもさっぱりわからないって言ってた。それでも見えるんだって。トランプよりも小さな紙にずっと描いてて、それが何万枚って押入れの中にあるんだ。ベースボールカードみたいなもんで、それは一つの社会みたいになってて、ドラフト会議みたいなこともやったりする。通勤電車だってあるし、もちろん駅にはいくつもの機能がついていて、そこで食事なんかもできる。ぼくは行ったことがないんだけどね。ヨギンはときどきその仏像になりきる。仏像ってのはヨギンのその日の記録みたいなもんだから、勝手に二つの像が合体したり、三つの顔をむき出したまま普通の車の運転をしたりする。押入れの中は舞台みたいになってて、襖をとればぼくたちだって見ることができる。チケットなんてないし、公演のお知らせみたいなことは一度もしたことがない。それなのに、ぼくは一度も見逃したことがない。終わったあと、ヨギンに声をかけても、そんな舞台があったことすら覚えていないんだけどね」

小さなヨギンはうずくまっていて、ぼくと同じくらいの背丈のヨギンはこちらを向いていた。山のように大きくなったヨギンもいたが、水面に映っている姿を確認しただけだ。焚き火の前にもヨギンがいた。いつものヨギンだ。みんなもいつものままだった。ぼくだって変わっていない。いまという時間は、ずっと続いていて、ぼくは過ぎ去ったものと区別することができなかった。ヨギンはもともと、とてつもなく大きな建造物だったのかもしれない。シミはそれでも笑ってすませるだろう。

「そんなこともある。驚くことじゃない」

シミの声が聞こえてきた。波の音だったのかもしれない。風はやんでいた。どこまでも広がっているように見えるこの砂浜だって、実際は小さいはずだ。車できたと言っても、ちっとも進んでいなかった。雲だって、動いていない。ヨギンは雲の向こうにまで伸びきっていて、そこから首を出していた。そんなヨギンもいた。タカの歌が口の中で響いた。クレナイは酒を飲みながら、目からオレンジ色の光線を出した。怪獣の決戦みたいに、光線や、巨人たちがぼくのまわりで動き回っている。地響きも聞こえていたら、いま頃、ぼくは逃げまどっていただろう。岩陰に隠れて、砂浜にできた巨大な足跡を眺めたはずだ。そう考えるだけで、新しい時間が流れていった。

ぼくはいつからここに住み着くようになったのか。シミは何も言ってこなかった。ぼくのことは目に入っていなかったのかもしれない。シミはいつも前を見ていた。ぼくもそうだ。一緒に座っていたというよりも、二つの石だった。ただ置いてあるだけ。ただ転がってきただけで、ポルシェではなく川だった。堆積した土の層にはそれぞれ電灯がついていていた。足は泡と一緒に、ゆっくりと落下していった。どこまでもいっても底はなかった。もう片方の足はずいぶん遠くに離れていた。

待ち伏せしていたように、馬がやってきた。犬もやってきた。鳥はずっと木の上で観客みたいに座っていた。音が鳴った。タカはまだ歌っていた。ぼくも岩陰に隠れ続けているわけにもいかず、砂浜へ近づいた。ぼくにはみんなの姿が一つの塊にしか見えなかった。一つの何かに見えた。見えるというよりも、目がそう捉えていた。目がそう感じていた。しかし、目には八人の人間が動いていた。一人ひとりが焚き火の煙となって浮かんでいた。風は吹いていないのに。吹いていないのに、からだはどこか肌寒く、焚き火から離れたいとは思わなかった。ヨギンはさらに大きくなっていた。もちろん小さなヨギンもいた。目の前にいた。何かふざけていた。森の中へ向かったヨギンはどのくらいの大きさだったのか、ぼくは図鑑で調べたくなった。ヨギンの影がみんなを覆った。太陽が雲に隠れただけかもしれない。

日が暮れようとしている。時間は止まっていなかった。焚き火の炎は揺れ動いていたし、ぼくは頭の中で考えごとをしていた。タカは笑顔でこちらを見ている。ハッサンの指は太鼓の上を動き回っていた。ヨギンが声をあげた。耳の横で聞こえた。響き渡った声は山の向こうにも届いた。鳥が森の茂みからいっせいに飛び立った。ぼくは目を閉じるわけにもいかず、ただアボカドスープを飲んだ。クレナイがお香を焚いた。弦の音が砂浜に響いていた。

からだはどこかへ行く

「どこかへ行ったわけじゃない」

「でも、横になった？」

「横にはなった。それで終わり」

「終わり？」

「土を掘った。洞窟みたいにしてくれって頼んだ」

「どこにあるの？」

「どこにでもある。探す必要もない。歩く必要もない。もともとあったようなもんだ」

「ぼくはそこにいたのかもしれない」

「そうかもな」

「いろんなやつが通り過ぎていったよ」

「おれはお前をただ車に乗せただけだ。それははじめから決まってた。誰かの命令でもない。そいつらの名前をおれは知らない。名前なんかないし、名づけたこともない」

「でも、ぼくは会ったよ」

「そりゃ会うさ。みんな会ってる。気づかないだけで、どいつももともとはじめから会ってるし、おれはそういうことには無頓着なんだ。どうでもいいってわけじゃない。聞き返す気がないだけで、当然のことだ」

「生きてるか、死んでるかわからなくなることがある」

「おれは生きてても死んでもいないし、ずっと死んでるとも言える。でも、いちいち生きているし、そのつど、空気を吸っちゃ、気持ちいいって感じる。それでもまたいなくなるし、お前のところに戻ってきたり、車の中で寝てたりする」

「森はどうなったの？」

「いまはもう誰もいない。それでもおれはときどき立ち寄る。おれは関係がない。そこがどこだろうと。色があればいくつか決めないといけないが、日が暮れてたら、どこも同じようなもんだ」

「紙には何か書いてあったはず」

「でも、もうそれもなくなったんだろ？」

「誰かが捨てたのかもしれないよ」

「そんなことはない。ちゃんと届く場所に届いてる。だから、洞窟はそのままだし、いまもある。おれとお前がはじめて会ったところ。外から見たら、何てことない場所だ」

「いまはどうなってるの？」

「全部、草になってる。誰も入らないもんだから、植物のやつらも勝手に意識を持ちはじめた。そういう姿を見るのは楽しい。どこからでも見ることができる」

「もう戻ってこないの？」

「戻るも何も、おれはもともとそこにいた。からだはどこかへ行く。おれは自分のことを忘れたみたいに、ぼうっとそこらじゅうをふらふらしている。人間のからだの中に入るときもあれば、ただお前みたいに記憶のないやつの前に現れることもある。べつにおれは大きくも小さくもなっていない。消えてもいないし、からだはこのとおりだ。どこにも行ってない」

「そこにいる？」

ぼくはどこにいるのかわからなくなったり、懐かしくなったり、何度も行ったりきたりした。シミは黙ったままだ。小屋が見えた。煙草の匂いがする。通り過ぎていく窓の向こうの景色と同じように、シミの鼻や口は歪んでいた。耳が伸び、後部座席の民族楽器に触れた。音が鳴った。歌声はもう聞こえなくなっていた。タカは仕事へ行ったのかもしれない。まだ夕方だった。しばらくするとピアノの静かな音が聞こえてきた。遠くで鳴っている。犬の鳴き声も。またはじまるのかもしれない。ぼくは知らない町にいた。

スピーカーから聞こえてくる音には人間の声も交じっていた。近くを横切る足音も聞こえる。薪が割れる音がした。何度も聞いた音だ。窓の向こうには山が見えた。真ん中を完成したばかりの幹線道路が走っている。海なんかどこにもなかった。雲がやけに大袈裟で、山の麓には雨が降っていた。

「見たことがある」

ぼくがそう言うと、シミは首をふった。

「おれにはまったく違うように見えてる。どこも白い。海だって見える。誰かがおれを呼んでる。歌も聞こえるし、いろんなやつらが動きまくってる。誰一人、おれは知らないし、これから会うこともない。お前の目に映ってるのは、おれじゃない。おれはそこにはいない。もちろん息はしている。おれはただ前を見ているだけで、窓の向こうには何もない。道だってない。からだがぐるぐる動き回っているだけで、残像すらない。止まってるように見える。おれは蠅みたいなもんで、お前もただゆっくりと細切れに見える。おれのからだはもうすぐどこかに行く。でも、洞窟の中にはおれがいて、そいつがおれのことをずっと見てる。あいつは見えないものでも、さわれないものでもない。言葉にしても意味はないし、おれはずっと前からそうやってきた」

シミはアクセルを踏んだ。シミの口からゆっくりと言葉が出てくる。

「おれは何度か、この先に行こうとした。おれはどこにでもいた。いつもわからないまからだは動いてた。仕方なく自分を動かした。おれはいつも、ばらばらになって、違う人間になる。おれのことを知らないやつもいる。それでもかまわん。お前が見たものはそれはそれで事実だろうし、おれに意味はない。どこに向かうかも知らないし、そもそも方角なんかない。ないからおれは動いている。おれの前でいろんなやつらが動いている。人間だけじゃない。空気だってそうだ。日が暮れないのも、おれが止めているわけじゃない。お前の時間が停滞しているわけでもない。時間なんか永遠に止まるもんか。思い出してもたかがしれてる。おれがもっと興味あるのは、その先だ。蔓《つる》は育って、道路にはみ出て、気づいたときには町を覆う」

雲が人や町に見えた。ぼくを置いて、車は無関心に通り過ぎていった。水平のまま遠くへ飛んでいった。あぐらをかいたぼくは、地面の上に残された。

空気の粒

絨毯の上に人が倒れている。

ヨギンだった。つけていた仮面は糊が完全に乾いていて、皮膚の一部と化していた。仮面の先端にくっついていた葉っぱはしおれていた。アリが行列をつくっていた。アリは煙草の空き箱やワインの瓶をいくつか通過し、ぼくの膝のところで立ち往生している。ビスケットの大きな破片をどうにか数匹がかりで持ち上げたまま、どこにも行くあてがない。上を見ると、割れたＣＤが天井から無数にぶら下がっていた。

「モンバサで買ってきたシャンデリアだよ」コウは言った。

「海沿いに呪術師たちの町があって、そこによく行ってた。彼らは杖を使ってまじないをやる。でたらめだと思うだろ。そんなこと言ったら、ここだってでたらめだ。ぼくはそこに半年住んでた。シャーリーっていう呪術師の家に世話になった。金がなかったから、ウィー・アー・ハングリーって書いて、シモンと一緒にゴミでつくった楽器を道端で演奏してたんだよ。そこにシャーリーがやってきた。乞食にしか見えなかった。昼飯を一緒に食べようって言うから、腹が減ってたぼくとシモンは疑いもせずついていくことにした。シャーリーはこの町でもいちばん由緒正しい呪術師だった。朝からほかの町に行っては、ただ道に寝転んで一日過ごすんだ。ときには蹴られたりすることもあった。

それでも声をかける人間がいる。すると、シャーリーは突然、高い鼻声を出して、歌い出すんだ。これから起こることすべてを。ヨギンも同じようなもんさ」

アリはぼくのからだに上がってきた。

「そいつらは半分の眼しか使わない。いま、ぼくがマリオを見ている眼はシャーリーにとっては眼じゃない。機械って呼んでた。ぼくたちは普段、ロボットみたいにその映像をずっと見せられてるってわけだ。シャーリーは盲目だった。自分で潰したのか、生まれつきなのか、わからない。それでもぼくがいたずらしたって落とし穴はきれいに避けて通ってたから、本当は見えているのかもしれない。まあ、そんなことどうでもいい。シャーリーが使うのは裏側の眼だ。そこで見る。ぼくとシモンはモンバサでそういう訓練ばかりしてた。帰りにもらってきたのがこのシャンデリア」

コウがそう言うと、クレナイが馬鹿笑いをした。

「だからあんたは変になっちまったのさ」

「クレナイのほうが十分変だよ。いまどき、馬に乗って移動するやつなんかいる?」

「あんた。ホセのこと悪く言うのかい?」

クレナイがオタマを放り投げると、スープが部屋中に飛び散った。

「だめだよ、こいつらは。全然わかっちゃいないからね。いまどき人間と話すほうが頭がおかしくなっちゃうよ。馬と話すほうがいい。こいつはわたしの庭が好きなんだよ。心が落ち着くんだって。と言っても、裏の雑木林まで入り込んでいって、いつも迷子になっちゃうんだけどね。それでいいんだよ。好きにやれば。ホセが気持ちよく走っているところを見るだけで、いつでもわたしはジャングルに戻れるからね」

ニーチが雑巾で絨毯を拭いている。タカは相変わらず、三線を弾きながら歌っていた。目がさめたのか、ヨギンは静かに起きあがった。コウが口笛を吹いた。タカは歌を止め、三線の胴を手で叩きだした。ハッサンもそれに合わせて指で太鼓をこすっている。シャンデリアの明かりがヨギンを照らした。ぼくの上に大きな影が落ちた。アリはいなくなっていた。ヨギンは静かに呪文を唱えた。からだを痙攣《けいれん》させたまま、こちらに寄ってきた。

「シミは?」

ぼくは何事もなかったかのように聞いた。

「シミだよ」とヨギンは言った。

「シミ?」

「そうだよ。シミになった。千年前、シミになった。まだ誰もいないとき。まだ誰も生まれていない。おれもまだ生まれていない。おれはまだ小さい空気の粒だった。おれはまだ何も口にすることができないでいた」

「ヨギン、あんた何言ってんのかい」

クレナイがぶつくさ言っている。馬の鳴き声が聞こえた。

コウはガラス窓を開けて、ベランダに出た。

風が吹いた。

「あいつはどこにも行ってないよ。どうせまた森の中でふらふらしてるんでしょ。わたし何度も見たからね。あいつはいろんな動物になったり、木にぶら下がったりしてる。ホセといい勝負よ。わからないでもない。いつまにか、それがわたしになったり、いまこうしてヨギンになったりして、ベランダから吹き込んだりしてるしね。それでいいじゃない。それがシミだって。マリオ。あんただって、夢を見ているみたいな顔してるけどね、あんたがずっとこうして口にしていることって、本当にあんたが見てきたことなのかどうか。面白いじゃない。そうやって、ここにいないやつが、まだ生まれてもきてないやつが、絨毯の上で、どんどん姿を現しては消えていって、ここで生きているやつの中を、横切ったりするんだから」

ヨギンはぼくのからだに触れると、気を失った。支えようとしたが、ヨギンはぼくのからだを透き通って、そのまま絨毯の上に受身もとらずに倒れこんだ。それを見て、みんなが大笑いした。ベランダのコウは高架下の電車が通り過ぎていくのを眺めている。アパートはどこも真っ暗で、八階のシミの部屋だけが明るく光っていた。

たんたんたらら、たんたんたん、たらら、たんたんたらら、たんたん、たらら、たんたんたらら、たんたん、たんたらら、たんたんたらら、たんたん、たらら、ありがとう、ありがとう、ありがとう、ありがとう。

タカの歌がまたはじまった。

我に返ったヨギンはふたたび起き上がると、歌にあわせて、裸で踊りだした。仮面はもうすっかり剝がれている。ぼくはそれをずっと遠くから眺めていた。

朝の光

寝ていたわけじゃない。ぼくはずっと起きていた。

シミの部屋には誰もいなくなっていた。

朝日が射し込み、絨毯の上の灰皿が光っている。煙草の灰が埃と混じっていた。昨日焚いたお香の匂いがまだぼんやりと残っている。ぼくは長めの吸殻を見つけると、それに火をつけて深く息を吸った。

テーブルの上には大きな鍋が置いてあった。クレナイのスープはもうなくなっていた。

シャワーの音が聞こえてきた。きっとシミだ。

シミと会うと、車に乗った瞬間がよみがえってくる。毎日会っているはずなのに、昨日のことが懐かしい。いつも違う部屋にいる。ぼくは一日が終わることを先に延ばそうとばかり考えていた。目の前で起こることは、そんなぼくを放置したまま、好き勝手に動き回る。手招き一つしない。果物みたいな匂いにつられて、ぼくは追いかけるだけだ。気づくと、時間は過ぎていた。祭りの日とも違う。旅とも違っていた。昨日と同じ場所に立っているのに、ぼくは少しだけ変化していた。八王子に海はない。しかし、ぼくはそう言いきれない。からだはどこも濡れていない。砂粒一つついていない。それなのに、ぼくのからだには水中の記憶があるし、水面に上がった瞬間の光景が目に焼きついている。奥に砂浜が見える。その奥には植物が生い茂っている。見たこともない植物だ。ぼくは知っている。雲が動いたら山も見えてくるはずだ。歩いていたのか、泳いでいたのか。ぼくは自分のからだの動きを知らないが、その経験を知っていた。シミが見たのかもしれない。でも、それはぼくが感じたことだ。シミが見ようが、誰が笑おうが、ぼくはいま水面に出ようとしている。からだはない。煙草を吸うぼくはしばらく黙って見ることにした。絨毯は浜辺だった。ずっと上からただ眺めている。何もない場所には川が流れていた。ここは河口だった。植物すらまだ陸にあがっていない。そのことすら知らない。ずっと昔のことだ。でもここは八王子だった。

シャワーの音が聞こえてきた。いつもそうやって時間が戻ってくる。

ぼくは立ち上がった。

今日はみんな仕事なんだろう。夜には戻ってくる。

ぼくだってここにいるはずだ。

シャワールームから笑い声が聞こえてきた。水を浴びたシミはどろどろに溶けて、人間じゃなくなって、無数の小さな生物になって、排水口から今日もまたどこかへでかけていく。

玄関は開いたままだ。
廊下の大きなスピーカーに光が当たっている。
靴が散らばっている。来たときよりも数が増えていた。
ぼくは何も言わずに、一人で部屋を出た。

本書は『ローリングストーン 日本版』2016年6、8、10月号連載
をもとに、大幅な改稿と加筆修正を行い、単行本化したものです。

坂口恭平　さかぐち・きょうへい

1978年、熊本県生まれ。作家、建築家、音楽家、画家。2001年、早稲田大学理工学部建築学科卒業。2004年、路上生活者の住居を収めた写真集『0円ハウス』を刊行。2008年、『TOKYO 0円ハウス 0円生活』で文筆家デビュー。2011年、東日本大震災がきっかけとなり「新政府内閣総理大臣」に就任。その体験をもとにした『独立国家のつくりかた』を刊行し、大きな話題を呼ぶ。2014年、『幻年時代』で第35回熊日出版文化賞、『徘徊タクシー』で第27回三島由紀夫賞候補に。2016年、『家族の哲学』で第57回熊日文学賞を受賞。他の著書に『ゼロから始める都市型狩猟採集生活』『ズームイン、服！』『現実宿り』など。

しみ

印刷　2017年4月15日
発行　2017年4月30日

著者　坂《さか》口《ぐち》恭《きょう》平《へい》

発行人　黒川昭良
発行所　毎日新聞出版
〒102-0074
東京都千代田区九段南1-6-17 千代田会館5F
営業本部　03-6265-6941
図書第一編集部　03-6265-6745

装幀　ウチカワデザイン
装画　サヌキナオヤ

印刷　中央精版
製本　大口製本

ISBN 978-4-620-10828-5